CLAUDE MERLE

SHADOW

LES YEUX DE LA NUIT

©ÉDITIONS BULLES DE SAVON 2016
www.editions-bullesdesavon.com

Conception graphique : Julieta Cánepa

Illustration de couverture : Julieta Cánepa

Photo auteur : ©Jean-Luc Bertini

ISBN : 979-10-90597-57-0
Loi n°49956 du 16 juillet 1949
sur les publications destinées à la jeunesse

CLAUDE MERLE
SHADOW
LES YEUX DE LA NUIT

bulles de savon

Chapitre 1
LES OMBRES

LA VILLA DORMAIT. C'était l'une de ces petites maisons de banlieue au toit pointu qu'on aurait cru dessinée par un enfant. Un jardin l'entourait : deux platanes, quelques pommiers, une pelouse, un bassin rond recouvert de plantes aquatiques.

Le portail grinça. Les ombres s'immobilisèrent, attentives. Le quartier était paisible, l'avenue Gounod mal éclairée, les trottoirs déserts. Rassurées, les ombres s'avancèrent vers la villa en évitant le gravier de l'allée. Elles gravirent le perron et introduisirent une clé dans la serrure de la porte d'entrée, qui s'ouvrit sans bruit. À l'intérieur, une ombre alluma une lampe torche. Un faisceau jaillit, révélant les lieux : le salon à droite ; la salle à manger, la véranda et la cuisine à gauche. Un escalier de bois menait à l'étage.

Les ombres montèrent avec lenteur, l'une derrière l'autre. Une marche, la sixième, grinça. Aussitôt, elles se figèrent. Sous leur capuchon de toile, leurs visages, éclairés de bas en haut par la torche, avaient la laideur terrifiante de faux moines, adorateurs du diable.

En haut, on percevait des ronflements. Une voiture passa dans l'avenue. Ses phares illuminèrent le hall, puis la lumière s'éteignit, le moteur décrut. Le silence revint, à peine rompu par la respiration sifflante du dormeur. Les ombres reprirent leur ascension jusqu'au palier où s'alignaient les portes des chambres.

Le faisceau lumineux les effleura l'une après l'autre avant de se fixer sur la plus éloignée. Les ronflements provenaient de là. Les ombres se consultèrent du regard. Elles étaient deux.

Une main gantée tourna la poignée. La porte s'ouvrit en douceur. La chaleur et l'odeur de cire, mêlée à la lavande, rendaient l'atmosphère irrespirable. La lampe découvrit un grand lit au dosseret de velours rose. Une vieille dame dormait là, le visage enfoui dans la mollesse d'un oreiller, son souffle agitant la dentelle.

Un tapis de laine étouffait les pas. L'une des ombres sortit de son manteau un objet qui ressemblait à une matraque. Elle s'approcha et l'abattit sur le crâne de la dormeuse, dont le souffle s'interrompit.

—Tu l'as tuée ! s'exclama l'ombre qui était restée en retrait.

Elle se pencha sur le lit, retira son gant et tâta le cou de la victime. L'autre ricana :

—Tu parles ! Elle a la tête dure !

Les agresseurs se turent : un son léger s'élevait à présent de la chambre voisine. Ils foncèrent vers la source du bruit. La torche révéla la présence d'un jeune garçon au centre de la pièce. Il étouffa un cri lorsque l'un des visiteurs l'empoigna et le renversa sur son lit. Tandis qu'il le maintenait, son complice exhiba un rouleau de ruban adhésif. En quelques instants, le garçon se trouva bâillonné et attaché aux montants du lit par les poignets et les chevilles.

Puis les ombres s'activèrent. La maison était à eux.

Chapitre 2
COMPLICITÉ

L'ODEUR ÉTAIT RÉVÉLATRICE DE L'HÔPITAL : l'éther, l'acide, la fièvre… L'air de la chambre surchauffée en était saturé. Léo chercha la main de sa grand-mère, la trouva et la serra avec douceur pour ne pas déplacer le tuyau de la perfusion.

—Tu as mal ?

—Plus du tout. J'ai la tête solide, tu sais. Et toi, mon petit ?

La voix de la vieille dame trahissait son anxiété.

—Rien, ils ne m'ont rien fait, s'empressa de répondre Léo.

Pour la rassurer, il ajouta avec un petit rire :

—Je ne compte pas, moi.

—Ne dis pas ça !

Elle se mit à gronder, une façon bien à elle de masquer sa bonté.

—Ils t'ont tout de même bâillonné, tu aurais pu étouffer !

—Même pas, soupira-t-il avec amertume. J'étais incapable de te défendre.

—Comment es-tu venu à l'hôpital ? le coupa-t-elle.

—Luisa m'a accompagné.

Marthe hocha la tête. Luisa Sobrado, une jeune Portugaise, l'aidait à tenir sa villa. C'était une femme extraordinaire : vive, énergique, généreuse.

—Elle s'occupe bien de toi ?

—Pour ça...

Le rire de Léo fit place soudain à l'inquiétude :

—Tu es sûre que ça va ?

—Puisque je te le dis. Je sors demain. J'en ai ras le bol de leurs échographies, de leurs électrocardiogrammes et de leur purée de carottes !

Elle lança un regard attendri à son petit-fils. À quinze ans, Léo était grand, mince, élégant malgré son vieux T-shirt, son jean troué et ses tennis délacés. « Un ado aux petits soins pour une vieille dame, ça ne court pas les rues », pensa-t-elle.

—Elle dort à la maison ?

—Qui ça ? Luisa ? Elle ne me quitte pas. En ce moment, elle est dans le couloir. Elle veille sur moi, elle me surveille, elle me gave, et puis il y a Angélica...

—S'il y a Angélica...

Le ton de Marthe était moqueur. Angélica, la fille de Luisa, avait le même âge que Léo, à un mois près. Tous deux étaient comme frère et sœur.

—Dis-moi, tu ne vas pas en classe ?

—C'est dimanche, Marthe.

Dimanche, bien sûr ! Où avait-elle la tête ? Il est vrai qu'avec le coup qu'elle avait reçu... « Marthe », elle aimait sa manière de prononcer son nom. C'est elle qui l'avait exigé. Elle détestait les appellations mièvres du style grand-maman, mamy, bonne maman, « des noms de confitures », disait-elle.

—Si papa avait été là, il aurait su te défendre, lui, ajouta-t-il tristement.

—Oui, mais il n'est pas là, répliqua-t-elle avec une aigreur involontaire.

Le père de Léo, Julien Langlois, était un athlète, une sorte de tête brûlée. Il avait disparu dans des conditions mysté-rieuses, quelques années auparavant, et son épouse, Hélène, était morte peu après, laissant Léo orphelin. Marthe avait re-cueilli le garçon.

La main de Léo lâcha le poignet de sa grand-mère, monta vers son visage et effleura son pansement.

—J'ai l'air d'un fakir, rigola-t-elle.

Elle reprit aussitôt son sérieux pour annoncer :

—La police est venue, un lieutenant. Je n'avais pas les idées claires. Il repassera chez nous... Il faudra que j'installe un système d'alarme, peut-être des caméras, ajouta-t-elle d'une voix pensive.

—Une clôture électrifiée, des miradors et des chiens policiers, enchaîna Léo.

Il se moquait d'elle, mais avec gentillesse. Elle partit d'un gros rire qui secoua la potence et la poche de glucose AC3. Elle aimait leur complicité, un mélange de tendresse et d'ironie. Dire qu'elle l'avait recueilli avec réticence, au début. Elle le connaissait peu, à cause de son père qui l'avait séparée de l'enfant. Mais Léo n'avait pas tardé à faire sa conquête. Loin d'être un boulet, le garçon avait illuminé sa vie. C'était un être passionnant, très différent des autres, attentionné, délicat, et d'une intelligence rare.

—Je ne sais pas ce que je ferais sans toi, murmura-t-elle sans parvenir à masquer son émotion.

—Tu voyagerais...

Elle sentit une pointe de nostalgie dans la voix du garçon.

—Comme papa, ajouta-t-il.

Julien était toujours son modèle, son héros. « Il ne mérite pas son admiration », pensa-t-elle avec rancune.

Chapitre 3
LES YEUX DE L'ÂME

—UN CAMBRIOLEUR ! maugréa Marthe Travers. Autrefois, le quartier était bien fréquenté, tranquille. Maintenant, il est hanté par la pire des racailles. Lisez les faits divers : on vous attaque en plein jour. Même à la sortie des supermarchés. La nuit...

La vieille dame porta la main à son pansement.

—Si mon époux était encore de ce monde, il aurait montré à ce brigand ce qu'il en coûte de dévaliser les honnêtes gens !

Dix ans auparavant, l'époux en question, Raymond Travers, avait été commissaire principal. Il avait laissé le souvenir d'un as de la police judiciaire. En son honneur, la *crim* avait délégué l'un de ses lieutenants, Laurent Halphen, pour dresser le constat d'un cambriolage qui aurait dû relever du commissariat du secteur.

—Vous ne vous souvenez de rien ? demanda imprudemment le lieutenant.

Marthe leva les yeux au ciel :

—Agressée en plein sommeil, je me suis réveillée à l'hôpital sans savoir où j'étais. Que voulez-vous que je vous raconte ?

—Vous souffrez ? murmura-t-il avec sollicitude.

—Je voudrais vous y voir. Heureusement, j'ai la tête solide !

—Qui a découvert le... drame ?

—Luisa, notre femme de ménage. Elle a aussitôt alerté la police, commandé une ambulance et délivré Léo, mon petit-fils. Ce sauvage l'avait attaché et bâillonné. Il a failli mourir.

Le lieutenant se tourna vers le garçon qui n'avait pas prononcé un seul mot depuis son arrivée, étourdi par les imprécations de sa grand-mère. Assis dans un fauteuil du salon, il avait un air rêveur qui l'intriguait. « Le choc, sans doute », pensa-t-il. Il était difficile de lui donner un âge, entre douze et quinze ans. Il nota les cheveux blonds, le teint clair, les yeux bleus, très pâles, le corps mince sans être malingre, le jean, le sweat-shirt, les chaussures de jogging délacées. Un adolescent comme tant d'autres. Pourtant...

— Ils étaient deux, dit soudain le garçon : un homme et une femme. L'homme était maigre et nerveux. Il avait un accent étranger : italien ou espagnol, je crois. Espagnol, oui. La femme était plus lourde avec un parfum désagréable, comme celui de Margot.

Sa grand-mère émit un rire rauque, puis elle précisa :

—Margot est mon amie, et le parfum, c'est le lilas. Mais n'allez pas la soupçonner : la pauvre Margot a quatre-vingts ans, et avec son asthme...

—C'est tout ce que tu as vu ? insista le policier en se penchant vers Léo.

Il surprit le regard hésitant du garçon, comprit aussitôt et ne put s'empêcher de murmurer, vaguement confus :

—Tu es aveugle ?

—On dit non-voyant, commissaire, corrigea le jeune garçon avec ironie.

—Et on dit lieutenant, pas commissaire.

Léo acquiesça avec un mince sourire.

—Non, ce n'est pas tout. Les vêtements de l'homme étaient imprégnés de tabac et il avait mauvaise haleine. Il boit. Il a les cheveux longs et gras. Tous les deux portaient des manteaux à capuche. Un tissu rêche. Ils avaient des gants, mais vous devriez retrouver leur ADN, celui de la femme, en tout cas. J'ai demandé à Luisa de conserver les bandes adhésives. La femme les a déchirées avec les dents.

—Comment le sais-tu ?

—Je l'ai entendue. Et les bandes étaient humides.

—Impressionnant ! avoua le lieutenant.

Marthe sourit avec fierté.

—Léo est digne de son grand-père. Vous savez, mon pe-tit-fils est élève de l'école Herzog. On y admet uniquement les surdoués comme lui.

—Marthe ! soupira le garçon, agacé.

—Je suis venue vivre ici pour m'occuper de lui, après la mort de ses parents.

—Mon père n'est pas mort ! protesta Léo.

—Il a disparu il y a cinq ans ! gronda Marthe. S'il nous ai-mait comme tu le prétends, et comme je le crois, il se serait manifesté au moins pour l'enterrement de ta mère. Et il ne l'aurait pas laissée mourir de désespoir, ajouta-t-elle à voix basse.

—Il est vivant ! s'obstina le garçon, et maman est morte de maladie.

Le policier vit qu'il avait les larmes aux yeux. Il tira un car-net de sa poche et griffonna quelques notes.

—Eh bien, tu nous as aidés ! s'exclama-t-il joyeusement pour détendre l'atmosphère. Tes signalements, les bandes adhésives...

Il se leva pour prendre congé, pressé sans doute de s'oc-cuper d'affaires plus dignes d'un lieutenant de la criminelle.

—Attendez ! s'empressa de dire Léo. Ils connaissaient la maison.

—Les cambrioleurs ? Qu'est-ce qui te fait croire ça ?

—Leur façon de se diriger sans hésiter. Ils ont fouillé toute la villa, de la cave au grenier. Et ils savaient que j'étais aveugle, sinon ils m'auraient assommé, moi aussi. Ils croyaient que je ne pourrais pas les identifier.

—Ils avaient dû repérer les lieux, confirma Marthe. Ils ont déniché les bijoux de ma fille. Pourtant, je les avais bien cachés.

—Ils voulaient autre chose, intervint Léo. Les bijoux, ils les ont trouvés immédiatement. Mais ils se sont attardés. Ils ont cherché partout.

—De l'argent, peut-être, suggéra Laurent.

—Alors, ils ont perdu leur temps, râla Marthe. Je n'ai pas un rond !

—Ils sont restés plus d'une heure, précisa Léo.

—Comment tu le sais ?

—Quand ils sont arrivés, quatre heures sonnaient à Saint-Vincent.

—Tu parles de la cloche de l'ancienne église ? C'est à l'autre bout de la ville ! s'exclama le policier, incrédule. On ne peut pas l'entendre d'ici.

—Léo, oui, dit Marthe. Ses sens sont plus développés que les nôtres.

—Ils cherchaient les papiers de mon père.

—C'est reparti ! grommela la vieille dame.

—Je sais ce que je dis ! s'écria Léo. Mon père détenait des documents importants, compromettants pour certains, peut-être.

—Qu'est-ce qui te fait dire ça ?

—Des conversations téléphoniques que j'ai surprises autrefois.

Le lieutenant prit Marthe à témoin :

—Votre gendre était expert en œuvres d'art, si je suis bien renseigné.

—Vous l'êtes, soupira la vieille dame.

—Pas seulement, insista Léo. Il voyageait dans le monde entier.

—Pour ses collections, sans doute.

—Ses collections ? Où sont-elles ? Vous devez m'aider à le retrouver, lieutenant.

Laurent Halphen fut touché par la passion qui animait le jeune aveugle.

—Pas si facile, dit-il avec douceur. Un adulte, ce n'est pas la même chose qu'un mineur. Il a le droit de disparaître. Surtout qu'il y a cinq ans, d'après ce que vous m'avez dit.

—Cinq ans, oui, confirma Marthe.

—Je sais que la police a enquêté sur lui, autrefois, il doit y avoir un dossier...

—À quoi sert d'exhumer cette vieille affaire ? maugréa Marthe. Tu crois qu'on n'a pas assez de problèmes ?

—Ça sert à retrouver mon père. J'ai la conviction qu'il est vivant ! s'entêta Léo.

La vieille dame adressa une mimique expressive au policier.

—Mon petit-fils a des dons extraordinaires. Il perçoit des choses que nous ne voyons pas. Les yeux de l'âme, dans le langage de l'Institut Herzog, son école. Mais il a aussi beaucoup d'imagination !

—Il faut savoir rêver pour donner un sens au réel, la reprit Léo. C'est Julien Langlois qui disait ça. Julien Langlois, mon père.

Il se tourna vers le lieutenant :

—Je vous aiderai à découvrir les coupables. Aidez-moi à retrouver mon père, dit-il avec gravité.

—Marché conclu ! dit Laurent en lui serrant la main avec amusement.

Le policier était séduit par la personnalité du garçon. Un être brillant, malgré son handicap. Cette histoire de disparition l'intriguait. « Des documents », avait assuré Léo. Julien Langlois, ce nom lui rappelait quelque chose, mais ses enquêtes lui laissaient si peu de temps...

À la pression des doigts, Léo comprit que le lieutenant ne

l'aiderait pas. Il le considérait comme un enfant, pire : un handicapé. « S'il croit se débarrasser de moi aussi facilement, il commet une belle erreur ! » songea-t-il avec rage.

Chapitre 4
INTERROGATOIRE

—TU EN JETTES, MEC, AVEC TES RAY BAN ! On dirait une rock-star ou un agent du FBI !

Léo pointa sa canne vers Idriss, son meilleur ami. C'était un Africain d'un mètre quatre-vingt quinze, taillé comme un basketteur, et doté d'une voix étrangement haut perchée qui semblait s'être trompée de propriétaire. En dehors de sa passion pour les sports de combat, Idriss offrait la particularité d'être le livreur de pizzas le plus rapide de la région parisienne, à bord de sa moto à la mécanique trafiquée qui méritait plus que d'autres le nom de moteur à explosion.

Huit mois auparavant, trois voyous avaient coincé Léo dans la rue pour le rançonner. Ils le dépouillaient de son blouson et de son iPod lorsque Idriss était intervenu. Sa stature avait suffi à mettre en fuite les délinquants. Depuis ce jour,

Idriss et Léo étaient inséparables.

—Et toi, tu frimes avec ta nouvelle casquette des Giants ! répliqua Léo. L'uniforme rouge n'est plus obligatoire chez *Pizza Express* ?

Idriss resta d'abord sans voix : cette casquette, c'était la première fois qu'il la portait ! Il s'exclama :

—Attends, comment tu sais ? Pour la casquette, comment tu sais ?

Par jeu, il ôta les lunettes noires de Léo pour vérifier si le garçon n'avait pas retrouvé subitement la vue.

—Toujours la nuit ! grogna Léo en récupérant ses lunettes. Tu as mes renseignements ?

—Oui, dit Idriss. Le commissariat, c'est l'immeuble juste de l'autre côté de la rue. Tu grimpes au premier. Il y a un couloir. Tu vires à gauche. Le bureau de ton flic, c'est le troisième à droite. Pigé ?

—Il est là ?

—Il y était il y a dix minutes.

—Comment tu as fait pour repérerles lieux ?

—Dis-moi comment tu sais pour ma casquette, et je te répondrai.

—L'odeur.

—Tu te fiches de moi ?

—Non, je t'assure, l'odeur de la toile des Giants est caractéristique. Elle prouve que ta casquette est authentique.

—Arrête ! grogna Idriss.

Léo avait beau être surdoué...

—À toi, maintenant ! exigea le jeune garçon.

—Fastoche, mec. Je livre des pizzas. Avec mes royales, j'entre partout, même chez les keufs. Surtout chez les keufs ! Il n'y a pas plus gros bâfreurs de pizzas que les flics.

Léo agita sa canne blanche :

—Je vais essayer d'être à la hauteur.

—Tu devrais avoir un clébard, mec.

Léo haussa les épaules :

—Pas besoin de chien d'aveugle. Je sais toujours où je vais !

—Pour sûr, approuva Idriss.

Il y avait une sorte de pouvoir mystérieux chez le garçon. Sa mémoire prodigieuse, sa façon de tout déceler, chez Idriss, sans l'aide des regards ou des mots : sa colère (pourtant l'Africain la cachait bien), sa déprime, sa cheville flinguée après le crash de son engin, sa dèche... Malgré son infirmité, le petit était savant, c'était dingue ! Il lisait avec ses doigts plus vite que lui, Idriss, avec ses yeux. Sur Internet, il était célèbre. Il avait créé un site : Shadow. On le contactait du monde entier pour éclaircir des mystères. Un aveugle ! Mais le plus stupéfiant, c'était la casquette, l'odeur ! Une vraie sorcellerie.

Comment aurait-il deviné qu'Angélica, la fille de Luisa,

avait aperçu le livreur de pizzas, le matin même, et qu'elle avait parlé à Léo de son nouveau couvre-chef ? Angélica, la petite Portugaise, dont les yeux noirs remplaçaient souvent les yeux brumeux du garçon.

—Merci pour l'enquête, dit encore Léo en agitant la main.

—Pas de quoi, mec. Tu veux que je t'accompagne ?

—Je préfère être seul. Tu es sûr de l'adresse ?

—Certain : tes cambrioleurs habitent 23, rue des Moulins. L'homme s'appelle Alessandro Torrini. Et la femme, Flora Moustiers...

Léo avait déjà traversé la rue sans écouter le discours qu'il connaissait par cœur. Il pénétra dans l'immeuble de la police et buta volontairement sur le bureau du réceptionniste en uniforme.

—C'est pourquoi ? demanda l'homme.

—Le lieutenant Halphen. Il m'a convoqué.

—De la partde ?

—Léo Langlois.

—Un instant.

Le policier téléphonait. On ne répondait pas. Des gens s'agitaient autour de Léo. L'un d'eux le bouscula et s'excusa en découvrant la canne blanche.

—Meg, tu sais où est Halphen ? cria le planton.

—Dans son bureau, je suppose.

Meg avait une voix jeune et résolue. Policière ? Secrétaire ? Il l'imagina jolie.

—Tu peux conduire le gamin ?

« Je t'en ficherais des gamins ! » rumina Léo. Il fit quelques pas maladroits. Une main énergique lui saisit le bras.

—Attention, il y a un escalier, le prévint Meg.

—Merci, madame.

Il s'appuya à la main protectrice. La jeune femme portait un parfum léger, agréable.

—Pourquoi tu dois voir le lieutenant... je veux dire lui parler ?

—C'est lui qui tient à m'interroger, à propos d'une agression.

—Tu as perdu la vue ?

La voix était douce, soudain empreinte de sympathie.

—Non, madame, je suis infirme de naissance.

Sa réplique lui évita d'autres questions indiscrètes. Ils suivirent le couloir indiqué par Idriss, tournèrent à gauche. Dix pas. Une porte ouverte. Meg le guida jusqu'à un siège :

—Reste ici. Je préviendrai le lieutenant dès que possible.

—Merci, madame.

Ses boucles blondes, son air d'ange blessé, sa canne... Meg lui caressa les cheveux avant de s'éloigner. L'instinct maternel ! Adossé au mur d'une salle d'interrogatoire, Léo perçut des voix étouffées. Il reconnut celle du lieutenant et suivit la conversation. Il y avait deux hommes, Hakim et Denis. Halphen les interrogeait. Les prévenus étaient soupçonnés d'un vol avec violence. Ils se disputaient. Il était aussi question d'une certaine Julie.

Vingt minutes plus tard, le policier fit irruption dans le bureau.

—Léo ? Qu'est-ce que tu fais ici ?

—Je suis venu pour l'enquête.

—Quelle enquête ?

« Pas de bonne humeur, le lieutenant ! »

—Vous l'avez peut-être oublié, dit Léo en simulant la consternation, mais ma grand-mère a été blessée, et moi...

—Je sais, coupa Halphen. Ce n'était pas la peine de te déranger. J'avais promis de vous tenir au courant. L'enquête débute à peine...

—Elle est terminée, lieutenant.

—Que veux-tu dire ?

—Notre agresseur s'appelle Alessandro Torrini, et la femme, Flora Moustiers. Notez l'adresse : 23, rue des Moulins, à Aulnay-sous-bois.

—Qu'est-ce qui te laisse croire que ce sont nos coupables ?

—J'ai mes sources. Les cambrioleurs connaissaient les lieux, donc ils étaient déjà venus chez nous. J'ai questionné

Luisa...

—Votre femme de ménage ? Moi aussi je l'ai interrogée.

—Elle m'a parlé des livreurs, du facteur, de l'employé du gaz... Et puis il y avait cet homme, Alessandro Torrini. Il était venu réparer notre chauffage, quelques mois auparavant. Une vieille chaudière qui fait un boucan infernal, des radiateurs qui fuient... Luisa se souvenait de lui, elle s'en méfiait. Sous prétexte de vérifier l'installation, il a fouiné dans toutes les pièces. Il n'a rien réparé du tout, du reste. Marthe était furieuse.

—Tu prétends que c'est lui, votre agresseur ?

—Je le sais.

—Je vérifierai.

—Vous ne me croyez pas, n'est-ce pas ?

—Mais si, grommela le policier. Je ne néglige aucune piste.

—J'espère que vous réagirez vite. Sinon, adieu les bijoux de ma mère.

—C'est promis.

Le lieutenant se leva, pressé d'en finir.

—Et pour mon père ? dit Léo.

—Ton père ?

—Julien Langlois, mon père. Vous deviez enquêter sur sa disparition. « Marché conclu », rappelez-vous. Je vous livre les coupables du cambriolage, et vous, vous retrouvez la piste de mon père.

—J'attends le dossier que j'ai demandé.

« Tu n'as rien demandé du tout », songea Léo.

—Quand aurez-vous des nouvelles ?

—Bientôt.

« Jamais », traduisit Léo.

—Encore une chose, ajouta-t-il. Vos suspects, Hakim et Denis, les hommes que vous venez de questionner dans la pièce à côté, ils sont innocents.

Laurent Halphen jeta un coup d'œil incrédule à la cloison qui séparait son bureau de la salle des interrogatoires, en principe insonorisée.

—Tu nous as écoutés ?

—Sans le vouloir... Ces deux mecs se haïssent.

—Bon, Léo, tu es très sympa, mais...

—Ils sont tous les deux amoureux de Julie. Ils la protègent. Hakim lui sert d'alibi. Denis s'accuse à sa place. Mais c'est elle, la coupable.

Le lieutenant pianota nerveusement sur son bureau.

—Ta grand-mère a raison : tu as beaucoup d'imagination. Maintenant, si tu veux bien, tu me laisses travailler. On va te raccompagner chez toi.

—Merci, soupira Léo en se levant. Je me débrouille très bien tout seul. C'est même une obligation, à l'école Herzog.

Nous devons vivre comme des gens normaux.

   —Mais tu es normal, assura Laurent gentiment.

   Léo agita sa canne.

   —Pas du tout, plaisanta-t-il : je suis beaucoup plus intelligent !

Chapitre 5

UNE MAIN DOUCE

—VOICI VOS BIJOUX, MADAME TRAVERS, dit Laurent Halphen.

Marthe défit la bourse de toile et étala les bijoux sur la table basse de son salon avec un roucoulement approbateur :

—Vous avez fait diligence, lieutenant. Ça me réconcilie avec la police.

Le lieutenant réprima un sourire :

—Que vous a fait la police, madame ?

—À moi, rien, grogna la vieille dame. Aux délinquants non plus, c'est ça le problème. Ce jugement ne s'applique pas à vous, bien entendu.

—Bien entendu. D'après vos déclarations, il manque encore deux bagues. J'espère les récupérer chez les recéleurs.

—Le plus important, c'est que ces bandits soient sous les

verrous.

—Ils ont reconnu les faits et signé leurs aveux.

—En moins de trois semaines ! Je vous tire mon chapeau.

—C'est votre petit-fils qu'il faut féliciter. C'est lui qui les a démasqués, j'ignore comment. Un garçon étonnant !

—Étonnant, approuva Marthe. Vous le lui direz vous-même, il ne va pas tarder.

Elle consulta sa montre :

—Il devrait être là... Le voici, je crois.

Quelques instants plus tard, Léo pénétra dans la pièce, demeura un instant attentif, puis sourit :

—Lieutenant Halphen ! Vous m'apportez des nouvelles de mon père ?

—Léo ! dit Marthe d'un ton de reproche. Le lieutenant a mis la main sur nos agresseurs. Il est venu nous rendre les bijoux de ta maman.

—Bel exploit ! s'exclama Léo, ironique.

D'une main à peine hésitante, il tira un fauteuil et s'assit.

—Explique-moi comment tu as procédé, exigea le lieutenant. Avec si peu d'indices...

—Vous voulez dire dans mon état ? plaisanta le garçon.

Il retira ses lunettes noires et dévoila ses yeux pâles.

—L'identification des coupables, je veux bien, insista Halphen. Mais leur localisation, leur adresse...

—J'ai mon réseau d'enquêteurs.

En disant cela, Léo imagina la tête du policier s'il lui présentait Idriss et sa bande de livreurs et de déménageurs souvent en marge de la loi.

—Des amateurs, s'empressa-t-il d'ajouter. J'imagine que vous êtes plus efficaces à la PJ, en particulier pour suivre la piste de mon père.

Laurent Halphen, qui s'était levé, s'assit entre Marthe et Léo.

—Vos agresseurs n'avaient aucun rapport avec ton père et sa disparition. C'étaient de simples voleurs sans expérience. Mais je suppose que tu le sais. Les papiers compromettants auxquels tu faisais allusion étaient imaginaires, un moyen d'attirer mon attention sur le sujet qui t'intéresse, non ?

Le sourire de Léo confirma ses paroles.

—Le 10 octobre 2008, poursuivit le lieutenant, ton père, Julien Langlois, devait prendre le vol 6615 à destination du Brésil pour une raison que j'ignore. Il n'est jamais monté à bord. À partir de cette date, il a disparu. Quelque temps auparavant, il avait fait l'objet d'une enquête…

—Donc, vous avez retrouvé son dossier !

Le visage de Léo s'illumina.

—Il ne m'a rien appris, soupira Halphen. Une simple enquête de routine à propos d'une affaire de recel de bijoux qui ne le concernait pas.

—Et ensuite ? s'impatienta Léo.

—C'est tout pour le moment.

—Fais confiance à la police, conseilla Marthe.

—C'est toi qui dis ça ? railla Léo. À t'entendre, les policiers sont tous des incapables, sauf ton Raymond qui a démantelé le réseau des Siciliens.

—Tu exagères, protesta la vieille dame, gênée.

—Mon père est sans doute en danger, c'est pour ça qu'il a disparu...

—En danger ? Pourquoi dis-tu ça ? demanda Laurent.

Le garçon murmura comme s'il réfléchissait :

—Une intuition... Il veut nous protéger...

—De qui ?

—Je n'en sais rien. C'est à vous de me le dire !

Marthe se leva.

—Vous voulez un café, lieutenant ?

—Ne vous dérangez pas.

—J'en prépare pour moi.

—Dans ce cas...

Lorsque la vieille dame eut quitté le salon, Laurent se pencha vers Léo et lui demanda à voix basse :

—Pour Julie et Hakim, mes suspects de l'autre jour, comment tu as su ?

Léo eut l'air de se réveiller, puis il sourit, satisfait :

—J'avais raison, n'est-ce pas ?

—Comment tu as deviné, dis-moi ? exigea le policier.

—Les voix, lieutenant, elles en disent plus que les regards.

—Pas pour tout le monde.

—C'est vrai, admit Léo. Loin d'être un handicap, la nuit nous force à être plus attentifs.

Le regard de Laurent était franchement admiratif.

—Julie est bien coupable du vol. Denis et Hakim ne sont que des comparses. Ils ont agi par amour. Et, toi, petit, tu as du génie.

Léo rougit, puis il reprit :

—Simple déduction. En les écoutant, j'ai compris qu'ils mentaient pour protéger Julie. Du génie, non. J'ai eu de la chance. Si j'étais aussi fort que vous le dites, j'aurais déjà retrouvé mon père.

Il s'agita sur son siège.

—Il a peut-être pris un autre vol. S'il est au Brésil...

—J'ai vérifié, intervint Laurent. Du 2 au 30 octobre 2008, aucun passager ne correspondait au signalement de ton père.

—Il a pu changer d'identité, d'apparence...

—Nous avons visionné les enregistrements des caméras de surveillance, et j'ai contacté la police brésilienne.

—Merci, murmura Léo.

Il remit ses lunettes et s'exclama d'une voix fiévreuse :

—Vous savez, mon père était un homme merveilleux.

—Un ancien para, dit le lieutenant avec respect.

—Un héros, oui, confirma Léo avec passion. N'écoutez pas ce que raconte Marthe. Elle ne l'aimait pas.

—Qu'est-ce qui te fait penser ça ?

—Elle n'a jamais rien entrepris pour découvrir ce qui lui était arrivé. C'est comme si elle connaissait la vérité et ne voulait pas me la dire.

—Tu ne crois pas que tu exagères ?

—Lorsque je parle de lui, elle détourne toujours la conversation. Je voudrais bien savoir pourquoi ! Pourtant mon père était super. Il nous emmenait souvent au bord de mer, en Bretagne, sur l'île de Gram, vous connaissez ? Nous avions une maison, là-bas. Il disait qu'un jour, nous irions l'habiter. Je me souviens du bruit des vagues, du goût de sel. Pour moi, mon père est lié à l'océan, comme un marin... Un marin perdu en mer.

Il s'interrompit : Marthe revenait, chargée d'un plateau rond.

—J'espère que vous l'aimez corsé, votre café, inspecteur. J'ai forcé la dose : du vrai mazout.

—J'ai besoin de ça, en ce moment, je vous remercie.

—Léo !

C'était la voix joyeuse d'Angélica. Une jolie brunette entra en coup de vent dans la pièce, et se mordit les lèvres, confuse :

—Excusez-moi.

—Je te présente le lieutenant Halphen, dit Léo.

—Monsieur.

Elle avait une main délicate, des fossettes, de grands yeux noirs curieux.

—Prenez des biscuits, les enfants, ordonna Marthe. Vous en voulez, inspecteur ?

Le policier refusa d'un geste, finit sa tasse d'un trait et se leva.

—Je vous raccompagne, décida la vieille dame.

La main du lieutenant se posa sur l'épaule de Léo, comme une promesse muette :

—À bientôt.

Sur le seuil de la villa, Marthe le retint :

—Ne lui donnez pas trop d'espoir, pour Julien, chuchota-t-elle. Léo est un garçon sensible. Il a assez souffert comme cela.

L'expression du policier se fit soupçonneuse :

—Savez-vous des détails que j'ignore concernant votre gendre ?

—Aucun, je vous assure, mais ce mystère tourmente Léo.

—C'est l'absence de son père qui le bouleverse. Il faut reconnaître que cette disparition m'intrigue, moi aussi.

Marthe lui saisit le poignet avec une force étonnante.

—Tenez-moi au courant de vos investigations...

Halphen hésita, puis révéla à voix basse :

—Cet institut Jonathan Herzog est réputé dans le monde entier. La scolarité est hors de prix, je me suis renseigné. Or, depuis cinq ans, l'école reçoit des versements, chaque trimestre, ponctuellement, pour la scolarité de Léo.

—Une assurance, expliqua Marthe.

—Ce n'est pas certain. Les virements sont effectués par une banque de Genève : le Crédit International.

—Qu'essayez-vous de me dire ? Julien serait vivant ?

—Nous n'en savons rien. Je vais me renseigner auprès de la banque. Mais ça peut signifier que votre gendre a fait le nécessaire avant de disparaître. Je n'ai pas voulu évoquer cette piste devant Léo pour ne pas lui donner de faux espoirs, je ne suis pas sûr, pas encore... J'y pense : il a peut-être raison, s'il existait des indices dans cette maison ? Des documents... Une perquisition nous procurerait sans doute les informations qui nous font défaut.

Marthe fronça les sourcils :

—Je n'ai aucune envie de voir débouler la cavalerie. J'ai déjà constaté ce que ça donnait. Une perquisition ! Un tremblement de terre est moins destructeur.

—On dirait que vous ne voulez pas savoir ce qu'il est devenu, fit Halphen.

—Julien ? La vie n'était pas rose avec lui !

—Qu'en savez-vous ? Vous ne viviez pas avec lui, à l'époque.

—Ma fille, si.

—Léo, lui, a conservé de merveilleux souvenirs de son père.

—Il le revoit avec des yeux d'enfant.

Elle secoua la tête :

—Seigneur ! Ce n'est pas ce que je voulais dire !

—J'avais compris.

Il salua et se hâta de partir. On lui avait confié la veille un dossier délicat. Les deux affaires qu'il venait de résoudre en quelques jours, grâce à Léo, lui avaient valu les félicitations du divisionnaire. Il songea : « Si j'avais la perspicacité du garçon... »

Léo avait profité de leur aparté pour questionner Angélica :

—Tu l'as vu, le policier. Qu'est-ce que tu en penses ?

—Sympa.

—Décris-le moi.

—Brun, pas très grand, mais costaud. De larges épaules. Une cicatrice ici, au coin des lèvres.

Elle effleura la joue du garçon.

—Un dur ?

—Je ne sais pas… Un policier.

—Il y a des trouillards dans la police, comme partout. À ton avis, je peux avoir confiance en lui ?

—Je crois.

—Je crois, je ne sais pas, pas vraiment… Tu ne m'aides pas beaucoup, soupira-t-il.

—Je l'ai vu à peine deux minutes ! En tout cas, il t'aime bien.

—Pourquoi tu dis ça ?

—À cause de son regard.

—Quel regard ?

—Paternel.

Il se rebiffa :

—Je n'ai pas besoin de père, pas de son espèce, en tout cas !

La main d'Angélica se posa sur la sienne. Une main douce, qu'il ne songea pas à repousser.

Chapitre 6
SHADOW

IL ENTENDIT GRINCER LES RESSORTS DU SOMMIER. Angélica s'était assise, ou plutôt jetée, sur son lit. Quelques instants auparavant, elle avait écarté les rideaux pour observer le jardin. « Il y a une pie... Le voisin a installé une échelle... Le petit arbre a perdu ses feuilles. Elles dessinent une couronne rouge, on dirait un feu de braises... » Ses pensées se bousculaient comme des mômes à la récré. À présent, elle furetait dans sa bibliothèque. Elle ne tenait pas en place. Elle était vive, curieuse, amusante. Il aimait son nom qui évoquait un oiseau, un ange bien sûr : Angélica. Non, plutôt un oiseau.

—Tu es en quelle classe ? demanda-t-il.

Elle émit un feulement de chatte en colère.

—Quatrième ! Comme si tu ne le savais pas !

—Pourquoi tu râles ?

—Je n'aime pas l'école.

—Pas du tout ?

—Si, l'histoire.

—C'est passionnant, l'histoire. Quelle période ?

Elle détourna la conversation :

—Il est super, ton ordinateur. Tu veux bien...

Léo lui avait déjà fait la démonstration de sa *Black Voice*.

—Shadow.

Au signal, l'écran s'éclaira. Angélica s'émerveilla.

—Il fonctionne à la voix !

—À MA voix. C'est mon père qui m'a offert cet appareil. Herzog l'a complété. Avec lui, je peux correspondre partout, jusqu'en Chine. Il transcrit les mots en sons.

—En français ?

—En anglais, le plus souvent.

—Tu parles anglais !

—Pas trop mal.

Elle s'appuyait à son épaule. Il sentait la douceur de soie de ses cheveux et l'odeur de son shampoing.

—Montre-moi, murmura-t-elle.

Les doigts de Léo pianotèrent sur le clavier. Une voix s'éleva :

—*Shadow, ici Orion. Je voudrais que tu m'aides à éclaircir un mystère : mon meilleur ami ne me parle plus. Quand je l'interroge, il répond du bout des lèvres. Pourtant, nous ne nous sommes pas disputés. J'ai questionné les autres. Aucun n'a pu me renseigner. Je pense qu'il a des problèmes, mais j'ignore lesquels. Que dois-je faire ?*

Léo répondit aussitôt :

—*Orion, je te recontacterai dans la soirée. Merci de ton message. Shadow terminé.*

L'écran s'éteignit.

—Que vas-tu faire ? demanda Angélica.

—Lui poser des questions, une quinzaine. S'il me répond, j'éclaircirai son mystère.

—C'est génial !

—Logique.

—Tu fais ça tous les jours ?

—Tous les soirs. Je résous des énigmes. C'est un entraînement. Certaines sont factices, d'autres bien réelles, liées à des tragédies.

—Et tu trouves la solution ?

—Presque toujours.

—Super ! J'aimerais bien jouer, moi aussi.

—Ce n'est pas un jeu !

Elle perçut une critique sous ses paroles et se rattrapa :

—Excuse-moi. Et on te paie pour tes enquêtes ?

—Bien sûr que non !

Décidément, elle était la reine des gaffes.

—Si tu as besoin de moi...

—Peut-être. Tu es gentille.

Elle l'aidait déjà sans le savoir. Avec sa curiosité toujours en éveil, son bavardage, son intelligence pétillante, elle mettait de la gaieté dans son existence.

—Comment tu fais pour savoir si les mystères de tes correspondants son vrais ou faux ?

—Ils sont toujours vrais.

—Je veux dire...

—Réels ? Je le détecte à leur façon de s'exprimer, de présenter les faits...

—Mais tu n'entends pas vraiment leurs voix. C'est cette machine...

—Bien sûr, mais lorsqu'ils inventent une énigme, elle est trop précise, trop bien tracée, comme une figure géométrique, tu comprends. Les autres, ceux qui souffrent, hésitent, se reprennent. Je perçois leur émotion, leur désarroi...

—Tu parlais de quinze questions, pourquoi quinze ?

Il laissa éclater sa joie. Il avait un joli rire, franc, des dents parfaites.

—Quinze, j'ai dit ça au hasard. C'est ce qu'il me faut généralement pour cerner le problème. Tout dépend de l'énigme, parfois c'est moins, souvent beaucoup plus.

—Tu me trouves idiote ?

—Pas du tout. Pourquoi ?

—À cause de mes questions à la noix.

—Tes quinze questions ? Il est vrai que tu es une énigme pour moi.

—Ah bon ?

—Je plaisante.

Il ne plaisantait pas. Il savait qu'elle était brune, petite, mince. Elle avait quinze ans, comme lui. Ils étaient nés à un mois d'intervalle, lui en septembre, elle en octobre. Tout le reste, il l'avait imaginé. Il évitait d'en savoir davantage. Son mystère lui plaisait.

—Depuis quand tu fais ça ?

—Ça ?

—Ces énigmes.

Il faillit répondre : depuis toujours.

—Depuis la disparition de mon père. J'avais dix ans lorsqu'il a disparu. Je lui parlais de mon école, il voulait tout savoir. Il s'intéressait à nos techniques de mémoire. Il les comparait à un entraînement sportif. Il me disait : « Tu es mon champion ! » Aujourd'hui, je me sens parfois désorienté, comme si j'avais perdu la vue une deuxième fois. Mon pouvoir, je le tiens de lui, tu sais. Il avait le même. Nos idées se rencontraient sans l'aide des mots. Et là, depuis... Plus rien !

C'est la seule énigme qui m'importe réellement : découvrir ce qu'il est devenu. Je me pose beaucoup de questions, beaucoup trop, et personne ne sait y répondre.

—S'il avait perdu la mémoire ? suggéra Angélica. Si son passé s'était effacé ?

—J'y ai pensé. Mais il a dû laisser des traces, des souvenirs dans la tête des autres...

—C'est pour ça que tu rencontres ce lieutenant, Laurent ?

—En partie, oui.

—Il faut que je rentre chez moi ! décida-t-elle brusquement.

Au même instant, le réveil annonça : « dix neuf heures ». Léo éclata de rire :

—Pile à l'heure !

—Non, je suis en retard. Je n'ai pas fait mes devoirs.

—Tu veux que je t'aide ?

—Non, merci.

L'assistance d'un aveugle ! Elle avait raison d'être vexée. Elle lui fit la bise. Son shampoing ou son gel douche avait une fraîcheur particulière, une odeur de fleur, plutôt de fruit.

—À demain.

—Peut-être.

En l'entendant dégringoler l'escalier, il envia sa vivacité. Elle était libre. Lui était enchaîné à ses outils : son réveil sonore, sa *Black Voice*, sa canne, ses lunettes...

44

Pourquoi Angélica passait-elle tant de temps avec lui ? Un autre mystère dont il n' osait pas découvrir la clé.

Chapitre 7

L'ENLÈVEMENT

LE LIEUTENANT HALPHEN congédia les deux collègues avec lesquels il s'entretenait depuis une heure, et avança un siège à Léo.

—Ta grand-mère sait que tu me rends visite ? C'est la troisième fois, cette semaine.

Le garçon leva une épaule désinvolte.

—Quelle importance ?

—Nos bureaux sont loin de ton école.

—Pas tant que ça en traversant le parc.

—Tes retards... Elle risque de s'inquiéter. Pourquoi ne pas me téléphoner ?

Léo ôta ses lunettes et le policier fut frappé une fois encore par ses yeux pâles et son regard tourné vers un monde auquel les autres n'avaient pas accès.

—Elle ne veut pas que vous m'aidiez à retrouver mon père, pas vrai ?

—Tu as tort de dire ça... Écoute, j'ai quelque chose à t'annoncer, mais surtout ne t'emballe pas. Il n'y a rien de très concret.

—Vous avez des nouvelles ?

—De Suisse, pas du Brésil. J'ai interrogé l'associé de ton père, monsieur Vernier. Il a une galerie de peinture à Genève.

—Jean-Luc Vernier ?

—Tu te souviens de lui ?

—Pas très bien... son nom... Il y a longtemps.

—Il était étonné d'apprendre que ton père devait se rendre à Rio. Il l'a rencontré quelque temps après à Genève.

—Il est donc vivant !

Le visage du jeune aveugle était rayonnant.

—Il l'était, dit Laurent prudemment. Vernier n'a plus eu de ses nouvelles ensuite. Il ne s'est pas inquiété de son absence : ton père avait l'habitude de disparaître pendant de longues périodes. Puis il reparaissait sans avertissement. Vernier m'a donné des noms et des adresses, des gens qui étaient en rapport avec ton père. Je les interrogerai, mais en ce moment ce n'est pas facile : j'enquête sur une affaire importante, un enlèvement.

—Thierry Huerman ?

—Tu es au courant ?

—On ne parle que de ça, à la télé, à la radio. Et puis j'ai surpris votre conversation avec les autres policiers.

—Tu ne dois rien révéler de ce que tu as entendu ! dit Halphen d'un ton sévère.

—Vous avez ma parole, Laurent.

C'était la première fois que le garçon l'appelait par son prénom, comme s'il voulait établir une complicité entre eux. Pris d'une inspiration subite, le lieutenant alla fermer la porte de son bureau.

—J'aimerais que tu écoutes cet enregistrement et que tu me dises ce que tu en penses.

—Qu'est-ce que c'est ?

—Le message des ravisseurs : une demande de rançon.

Le policier savait qu'il commettait une faute. Mais l'enlèvement du gosse avait eu lieu six jours auparavant. Le temps passait et il se trouvait dans une impasse. La vie du petit Thierry était en danger. Il se disait qu'il n'avait pas le choix. Léo, peut-être, grâce à ses facultés extraordinaires...

Tandis que Laurent manipulait son téléphone, le jeune aveugle avait appuyé son menton sur la crosse de sa canne.

Si vous voulez revoir votre fils, préparez six millions d'euros et attendez nos instructions. Pas un mot à la police. Il en va de la vie de Thierry.

Après avoir écouté le message, Léo resta un moment silencieux, puis il fit remarquer :

—Pas un mot à la police ! Ça ne les a pas empêchés de faire appel à vous au risque de mettre en danger la vie de leur fils !

—Ce n'est pas eux, mais la compagnie d'assurances qui nous a contactés, expliqua le lieutenant. Charles Huerman est banquier, directeur d'une succursale. Il ne possède pas de fortune personnelle. Il a dû réclamer l'argent à sa société, qui a alerté la compagnie. Les banquiers sont assurés contre les risques de cette sorte. Tu comprends ?

Léo hocha la tête.

—C'est donc la société d'assurances qui devra verser la rançon ?

—Oui, mais l'enfant est tout de même en danger. Nous avons peu de temps. Que penses-tu de ce que tu viens d'entendre ?

—Elle a déguisé sa voix, murmura Léo, pensif.

—Elle ? Pourquoi elle ?

—Une impression. La voix est grave, mais c'est une femme qui parle.

Les experts de la police étaient arrivés à la même conclusion. Ce n'était pourtant pas évident. Léo, lui, l'avait découvert sans hésiter.

—Il y a un bruit, en arrière-fond...

—Une machine, sans doute. Les techniciens en recherchent l'origine. C'est tout ce que tu remarques ?

—Je ne sais pas... Je pourrais avoir une copie du message ?

—Que veux-tu en faire ?

—L'écouter plus attentivement avant de vous donner mon avis.

Il parlait de la manière la plus neutre possible, mais il éprouvait une intense excitation. La police faisait appel à lui ! Au début, il avait élucidé les affaires pour attirer l'attention des enquêteurs et obtenir leur aide. Il n'avait qu'un seul but : retrouver son père. À présent, cette activité de détective le passionnait, comme celle de Shadow sur Internet : percevoir ce que les autres ne remarquaient pas, éclaircir des mystères, défier les méchants, sauver des vies...

Le lieutenant hésita. À deux reprises, Léo avait démontré sa sagacité. Mais cette fois, l'affaire était trop dangereuse pour faire appel à un garçon de quinze ans, aveugle, de surcroît. Si l'affaire venait à s'ébruiter, on lui retirerait le dossier, dans le meilleur des cas.

—Je n'ai pas le droit, dit-il.

—Je comprends.

Léo se leva comme si l'entretien était terminé.

—Attends ! Tu as un lecteur ?

Laurent alla prendre un CD dans le tiroir de son bureau.

—J'ai un lecteur, dit le jeune aveugle.

Il glissa le disque dans la poche de son sac à dos.

—Je vous téléphone dès que je sais.

—Quoi donc ?

—Ce qui se cache derrière cette voix et ces mots... C'est étrange...

Au même instant, la porte s'ouvrit. Les policiers allaient se réunir.

Halphen poussa Léo vers le couloir.

—Tu es sûr que tu ne veux pas qu'on te raccompagne en voiture ?

—Je réfléchis mieux en marchant.

Halphen le regarda s'éloigner avec un mélange d'inquiétude et de sympathie. Léo ne se servait presque pas de sa canne.

En fin d'après-midi, Idriss, contacté sur son portable, déboula dans la chambre de Léo.

—Qu'est-ce qui urge ? Je n'ai pas que ça à faire ! J'ai une tonne de pizzas à livrer, moi ! Quelqu'un est mort ?

—Pas encore.

Léo enclencha son lecteur de CD.

—C'est le petit machin ! s'exclama Idriss.

—Thierry Huerman, oui. Écoute !

L'Africain siffla entre ses dents :

—Six millions d'euros ! Il ne s'emmerde pas, le banquier.

—Écoute bien ! gronda Léo.

—Si c'est pour faire la quête, je n'ai pas une tune, gloussa le colosse.

—Qu'est-ce que tu as entendu ?

—Un mec qui va bientôt être riche, ricana Idriss.

—Un mec, tu es sûr ?

L'Africain regarda l'aveugle, déconcerté :

—Pas toi ?

—Non, moi, je crois qu'il s'agit d'une femme.

—Tu charries, mon frère. Si c'est une meuf, ça, je veux bien me faire curé.

—De toute manière, ce n'est pas le problème. Le message est trafiqué. Ce qui m'intéresse, ce sont les mots, et ce bruit de fond, on dirait une machine.

Il remit en marche l'enregistrement.

—Une machine, oui, confirma Idriss, une sorte de piston.

—Je veux découvrir ce que c'est.

—Des machines, il y en a des milliers, mec.

—Merci du renseignement !

—Comment tu veux qu'on devine ?

—Tu as des amis mécaniciens, ouvriers, plombiers... Eux, ils sauront.

—Tu t'imagines peut-être que j'ai le temps de les inter-
viewer, avec mes livraisons ? Je suis en retard, à propos...

—Je veux que tu les réunisses.

—Combien ?

—Tous !

—Ça va me coûter un max de pizzas et de sodas ! râla Idriss.

—La bouffe et les boissons, c'est moi qui paierai, dit Léo.
Toi, tu t'occupes des invitations.

—Si c'est un thé dansant... rigola Idriss. Sans intox, tu veux
faire ça ici ? Quand ta grand-mère va voir rappliquer la banlieue ! Tu aurais vu sa tête, tout à l'heure quand je me suis
pointé ! Si ses yeux avaient été des lance-flammes, je serais
transformé en kebab.

—Je m'occupe de Marthe. Toi, tu réunis ta bande, demain
soir.

—Demain ? Tu charries !

—La vie du gamin est en jeu. Surtout, soyez discrets.

—C'est encore une de tes enquêtes à la noix ! Tu bosses
pour les keufs maintenant ? Il y a d'autres manières plus cool
d'utiliser tes pouvoirs, crois-moi.

—J'ai besoin de ce flic pour retrouver mon père, je te l'ai
dit ! Alors, donnant donnant ! s'enflamma Léo, et puis ce gamin, il mérite une chance, non ?

—Une chance, grommela Idriss. Si tu veux faire la connaissance de ceux qui n'en ont pas, je t'emmène à Ozoir ou à Stains. La visite est gratuite !

Léo, perdu dans ses pensées, ne l'écoutait plus.

—Dans ce message, il y a quelque chose... Ça ne colle pas ! Pourquoi prendre la peine de déguiser sa voix et laisser un bruit capable de localiser l'endroit ? Tu ne trouves pas ça étrange ?

—C'est toi l'expert ! Bon, je m'arrache. Mère-grand doit nous mater par le trou de la serrure.

—Elle est dans le jardin, près du bassin, en train de ratisser les feuilles mortes.

—Tu es sûr ? J'ai laissé mon bolide en bas. Si ça se trouve, elle s'empiffre avec mes royales !

—Marthe, manger des pizzas ? pouffa Léo. Même si elle mourait de faim au milieu de l'océan, elle n'en voudrait pas de tes royales. Plutôt dévorer un matelot !

Un môme de cinq ans. Il est peut-être prisonnier dans le noir, attaché, un bandeau sur les yeux, une cagoule sur la tête. Les autres ignorent ce qu'il éprouve. Ils pensent au danger, à la mort. Moi, je ressens sa sensation de froid, sa solitude, sa peur des ténèbres. Je suis sans doute le seul à le comprendre. Le seul à pouvoir l'aider, peut-être. Celle qui a enregistré le message prononce son nom : Thierry. Ce n'est pas un hasard. Elle essaie d'apitoyer les parents avec une fausse tendresse, ou alors… elle connaît l'enfant. Laurent devrait chercher parmi leur entourage, leurs relations. Oui, elle le connaît, elle les connaît. Elle sait qu'ils peuvent obtenir l'aide de la banque. Six millions d'euros ! Elle est informée du principe de l'assurance. Laurent a dû y penser. Sans résultat. L'enquête piétine. Un petit garçon perdu dans une ville immense, comme une étoile tremblante dans la nuit. Mon père me parlait souvent du ciel, l'été, et de ses milliards d'étoiles, certaines mortes depuis des siècles et pourtant étincelantes. C'est un des spectacles qui me manquent le plus, avec celui de l'océan. La voix de Thierry, si je l'entendais, je saurais s'ils le plongent dans la nuit pour éviter d'être reconnus. Une chance de survivre pour le gamin. Ou bien ils l'endorment. Quand on rêve, on a toujours des yeux pour voir ou imaginer. La voix du môme. L'exiger comme preuve qu'il est toujours en vie. Cette voix, j'ai envie de l'entendre.

Il stoppa l'enregistrement sur l'ordinateur. Son journal intime. Pourquoi pleurer sur le sort d'un garçon qu'il ne connaissait pas ? Réfléchir au lieu de pleurer. Reprendre tout à zéro : les bruits, les mots, le calcul des ravisseurs. La solution était devant ses yeux, et puisque ses yeux étaient obscurs, il ne risquait pas d'être ébloui.

Chapitre 8

MOTEUR !

ROB, MARTIN, GUSTAVO, GUS L'ESPAGNOL, TANYA, RA-
HIM, JIMMY, JASMINE, VADOR, GERD, JO, HANNIBAL...
Léo les reconnaissait au son de la voix ou au contact de leur
main. La bande d'Aulnay était presque au complet. Idriss
avait bien travaillé.

—Ne salissez pas mes tapis !

Marthe était super : accueillir quatorze Apaches sur le sentier de la guerre dans son précieux salon ! Elle grondait pour
la forme, mais c'était un orage sans éclairs.

—Ne vous en faites pas, mamy.

Idriss prenait des risques : elle détestait qu'on l'appelle
mamy. La réplique cuisante ne vint pas. Marthe était dans un
jour de miel. Avait-elle deviné pourquoi ils s'étaient réunis ?

—Tu es là, toi aussi ? Ta maman est au courant ?

—Oui, madame.

Les joues fraîches d'Angélica.

—C'est gentil, murmura Léo.

La jeune fille s'assit dans le même fauteuil que lui. Elle apportait une odeur de fruit : mûre ou framboise.

—Tu crois que ça va marcher ? chuchota-t-elle.

—On peut toujours essayer.

Il mesurait maintenant l'extravagance de son expérience : repérer une machine parmi dix mille !

—Dès que Marthe sera montée dans sa chambre.

—Fermez-la ! commanda Idriss avec autorité. Asseyez-vous par terre, toi aussi, Tanya. Vous savez tous pourquoi je vous ai réunis.

—Pour jouer à « qui veut gagner des millions », gloussa Gus.

L'Espagnol, une force de la nature, avait disputé les championnats de karaté.

—J'ai la dalle ! grogna Jimmy.

Jimmy, lui, grand, blond, était une sorte de poète. Il habitait un grenier, du côté de Belleville. Il manquait de tout et avait toujours faim.

—Les pizzas, tout à l'heure, gronda Idriss. D'abord, concentrez-vous. On va faire appel à vos connaissances.

—Ça ne sera pas long ! ricana Jo.

—Arrêtez de rigoler ! s'énerva l'Africain. C'est sérieux ce

qu'on fait... Ah, Stan, quand même ! Te presse pas, surtout. On avait dit sept heures.

—C'est à mon boss que tu aurais dû le préciser, grommela Stan.

Angélica murmura à l'oreille de Léo :

—Ça y est, Marthe est montée.

—Je sais.

Il s'agenouilla devant la table basse et tâtonna à la recherche du lecteur.

—Vous êtes prêts ? demanda-t-il.

Le silence s'installa soudain. Ils avaient du respect pour lui, bien qu'ils fussent tous plus âgés, plus endurcis. La plupart avaient été élevés à l'école de la rue. Vador avait fait de la prison. Tanya avait passé six mois dans un centre de redressement. Gerd était un as en informatique. Il aurait pu travailler dans une grande compagnie, mais il préférait son labo et ses piratages. Gus était un casseur de bagnoles. Son commerce s'étendait jusqu'en Belgique. Pourtant, on ne l'avait jamais coincé. Comparés à eux, Idriss était un saint, et Léo, un enfant de chœur. Que faisaient-ils en sa compagnie ? Un chérubin, un handicapé. Souvent, ils se moquaient de lui, ils le rudoyaient. C'est pour ça qu'il les aimait. Ils n'avaient pas pitié de lui. Il préférait leur amitié brutale à la compassion écœurante des autres.

Il mit en marche l'appareil. Dès la fin du message, ils se dé-chaînèrent :

—On n'entend que nib !

—La voix du mec, comment veux-tu...

—Ce Thierry, c'est le gamin des journaux. Son père est plein aux as. Il n'a qu'à raquer.

—Tu sais ce qu'on fait aux otages ? dit Tanya.

—Tu travailles avec les keufs ? grommela Gus, hargneux.

—Je travaille pour un môme. Il est malmené, terrorisé. Il est seul dans le noir.

Il se reprocha ce dernier argument. Il s'attendait à des huées. Il sentit monter une certaine émotion.

—En tout cas, je peux déjà te dire qu'il ne s'agit pas d'un moteur de bagnole, dit Rahim, qui était mécano.

—Ni de moto.

—Ça, c'est sûr !

—On peut réécouter ?

Léo obtempéra en augmentant le volume.

—Une machine à air comprimé, hasarda Stan.

—Une respiration, rythmée, haletante.

—Vachement fatigué, l'engin.

—Asthmatique !

—Il faudrait pouvoir isoler le son, dit Rob.

—Ça, je sais faire, intervint Gerd. J'ai le matos...

—Tombé du camion ou du ciel, ricana Idriss.

—Vous en avez profité, non ?

—C'est vrai.

—Mon ordi est en panne, dit Jasmine.

—Ma beauté, je n'assure pas le service après-vente.

Gerd s'adressa à Léo :

—Tu pourras me faire une copie ?

—Elle est prête.

—Si je comprends bien, résuma Tanya, tu veux repérer le lieu où ton message a été enregistré. Mais rien ne prouve que les ravisseurs gardent leur otage au même endroit.

—Tu as une autre idée ? demanda Idriss.

—Pour identifier les sons, les flics sont mieux outillés que nous, fit remarquer Gus.

—Ils ont l'équipement, nous, on a du génie, dit Gerd. Je vous parie qu'en entendant mes bidouillages, les flics vont chialer comme Tanya à *Twilight*.

—Tu finiras dans la police scientifique.

Ils hurlaient de rire.

—Moins fort, vous allez réveiller la vieille, conseilla Idriss en montrant le plafond.

—Je peux écouter le message ? demanda Jasmine. Tai-sez-vous !

Angélica actionna le lecteur. Ils s'étaient tous rapprochés

de la table au point que leurs têtes se touchaient.

—Je crois que c'est une voix de femme, déclara Léo.

Ils prirent sa remarque pour une plaisanterie.

—Avec une barbe et une grosse zigounette.

Jasmine s'adressa à Gerd :

—Si tu arrives à isoler le son et à le rendre plus clair, mon grand-père nous dira d'où il provient. Il a travaillé toute sa vie dans la mécanique : à bord des bateaux, dans une usine d'aviation, dans un garage, partout. Petite, je l'admirais lorsqu'il travaillait. Il ne regardait pas les moteurs qu'il réparait. Il les écoutait, comme un docteur. Rien qu'à l'oreille, il découvrait ce qui clochait.

—Il est sourd comme un pot, ton grand-père ! rigola Gus.

—Un pot d'échappement.

En les écoutant délirer, Léo se demandait s'il avait bien fait de réunir toute la bande. Ils roulaient les tapis, recouvraient les tables et les fauteuils de journaux, découpaient les pizzas, se lançaient des cannettes de sodas. Ils étaient bruyants, vulgaires. Chaleureux. Ils étaient venus pour lui. En leur compagnie, il oubliait sa solitude et le silence qui l'oppressait bien souvent.

—Il faut que je rentre, chuchota Angélica. J'ai promis à ma mère...

Ses joues étaient chaudes, à présent.

Elle regrettait que Léo ne pût pas la voir. Surtout ce soir-là : elle avait mis sa robe à bretelles et se trouvait mignonne. La cécité du garçon n'avait qu'un avantage : elle pouvait le regarder à son aise. Il était vraiment très beau.

—Je te raccompagne, décida Idriss.

Elle pouffa : elle habitait à cent mètres de là.

—Sur ton bolide ?

—Pardi !

Quelques instants plus tard, avec sa 250 turbo, il pulvérisa son record des cent mètres départ arrêté en réveillant les occupants d'une vingtaine de villas.

—Dors bien sur tes fossettes ! lança-t-il.

—La droite ou la gauche ?

Elle n'eut pas la réponse : il était déjà reparti dans un hurlement de moteur.

—Tu ne devais pas raccompagner Angélica ? lui demanda Léo.

—Mission accomplie ! répondit l'Africain avec la fierté qu'il mettait à livrer ses royales dans toute la ville sans leur laisser le temps de refroidir.

Chapitre 9
LE DERNIER MOT

HUIT JOURS S'ÉTAIENT ÉCOULÉS. Les ravisseurs avaient envoyé un deuxième, puis un troisième message. Ils ne semblaient pas pressés de récupérer la rançon. Pour les enquêteurs, cette lenteur était mauvais signe. La police pensait avoir affaire à des professionnels. Le dernier message faisait référence à une mystérieuse organisation, La cause du peuple, qui avait pour mission de combattre les inégalités et de punir les abus des financiers, dont le banquier Huerman était le symbole.

—Du bluff ! dit Laurent Halphen avec une colère rentrée.

—Votre bruit, murmura Léo, c'est une machine à imprimer.

Une imprimerie, il en avait été question dans le labo de la police scientifique.

—Un vieux modèle offset, Wilson ou Argraph, ajouta Léo.

Le grand-père de Jasmine l'avait identifié. La jeune Kabyle n'avait pas exagéré : le vieil homme avait exercé tous les métiers de la création.

—Tu es sûr ?

—À quatre-vingts pour cent.

—Et, bien sûr, tu ne veux pas m'expliquer comment tu es arrivé à cette conclusion ?

Le garçon resta muet.

—Je ne peux rien faire si tu me caches l'essentiel.

—C'est ce que j'allais vous dire.

Il faisait allusion à son père. En réalité, le lieutenant n'avait aucun élément nouveau. Il devait interroger quatre personnes, dont un banquier de Genève, mais il travaillait nuit et jour sur l'affaire Huerman. Et un déplacement en Suisse...

—Bientôt, grogna-t-il.

—Cherchez du côté des imprimeries, conseilla Léo.

—Sais-tu combien il y a d'imprimeries dans cette ville ?

—Équipée d'une vieille rotative offset ?

—Nous allons vérifier.

« Il va laisser tomber », songea Léo. Il n'avait pas attendu de rencontrer Halphen pour lancer la bande sur la piste des imprimeries... Annuaires professionnels, sites spécialisés, fabricants de matériels, ateliers de réparation, ils avaient tout passé au crible, sans résultat. Gerd avait écumé Internet.

—Je pense que tu as du travail, toi aussi, soupira le lieutenant pour se débarrasser de lui.

—On me suit, annonça Léo.

—Où ?

—Dans la rue, partout.

—Qui ?

—Si je le savais...

Ne pas lui parler de son père.

—Tu ne prends pas trop de risques, au moins ? s'inquiéta le policier.

—Quels risques ?

—Tu enquêtes, tu viens ici... Ton manège peut inquiéter certains.

Il se reprocha soudain d'avoir impliqué le jeune aveugle dans cette affaire sordide. Pourtant, il ne l'avait dit à personne, pas même à ses coéquipiers. Mais on ne savait jamais ce qui pouvait arriver.

—Pour commencer, tu ne dois plus venir au commissariat, dit-il. Et je me demande si je ne vais pas te mettre sous protection pendant un certain temps.

Léo se força à sourire.

—Il ne faut pas exagérer.

—Alors, dorénavant, téléphone-moi au lieu de débarquer à l'improviste comme aujourd'hui.

—D'accord, soupira Léo en remettant ses lunettes. Plus de visite.

—Pour l'imprimerie, insista le lieutenant, tu ne veux vraiment pas me dire comment tu as fait ?

—Toutes les machines ont un son très reconnaissable.

—On l'entendait à peine. Ne me fais pas croire que tu as ausculté des centaines de rotatives.

—D'autres l'ont fait à ma place, des experts.

—J'aimerais bien les rencontrer, ces petits génies !

—Je doute qu'ils veuillent parler à la police, ironisa Léo.

—Ils ne commettent rien d'illégal, au moins ?

Le policier s'en voulut soudain d'avoir sollicité son aide. À cause de lui, toute une bande était au courant de l'affaire au risque de compliquer le difficile travail des enquêteurs.

—Ils essaient d'aider un gamin. Quant à moi...

—Toi ? Que veux-tu dire ?

—Je suis en mission officielle, non ? J'ai travaillé à partir de l'enregistrement que vous m'avez fourni.

—Tu as toujours le dernier mot, pas vrai ? grommela le policier.

L'aveugle sourit.

—Pas toujours : essayez un peu de discuter avec ma grand-mère.

Halphen éclata de rire :

—J'ai connu plus féroce. Elle t'aime beaucoup.

—Et elle déteste mon père. Je voudrais savoir pourquoi.

—C'est le problème de bien des belles-mères, plaisanta le policier. Je crois qu'elle ne lui pardonne pas de vous avoir abandonnés. Il faut se mettre à sa place.

—Qu'elle se mette d'abord à la mienne !

Il porta une main tremblante à ses yeux.

—Je vous téléphonerai... Je crois qu'on vous cherche, lieutenant.

—Moi ?

Quelques secondes plus tard, un homme entra dans le bureau sans prendre la peine de frapper.

—Laurent, il faut que tu viennes voir ça !

—Nous avons fini.

Avant de suivre son collègue, le lieutenant regarda s'éloigner son visiteur. Il n'avait pas d'enfant, mais s'il avait eu un fils, il aurait aimé qu'il lui ressemble. Il chassa cette pensée. Décidément, il devenait trop sentimental.

Chapitre 10

PORTRAIT

—JE VEUX VOIR TON VISAGE !

Angélica se pétrifia. En imaginant son air consterné, Léo éclata de rire.

—Demande aux autres, murmura la jeune fille.

—À qui ? Marthe ? Elle dirait que tu ressembles à ta mère. Je serais bien avancé. Idriss ferait le portrait de Vampirella. Jasmine, peut-être...

—Non ! Demande plutôt à Natacha.

—Natacha ? Ta copine de classe ? Elle prétendrait que je suis amoureux de toi.

—C'est si terrible ?

—Non, indiscret.

Il y eut un silence, puis Angélica souffla timidement :

—Pourquoi tu veux savoir ?

—C'est important.

Elle fut prise d'un fou rire nerveux.

—Approche !

—Aujourd'hui ? Je suis affreuse !

Elle obéit, cependant, tendit son visage et ferma instinctivement les yeux. Aussitôt, elle sentit les mains de Léo, des mains douces. Elles effleurèrent son front, s'attardèrent sur ses yeux, descendirent vers son nez.

—Délicat, commenta-t-il.

—Quoi donc ?

—Le dessin de ta bouche, et ces fossettes. Tu souris... J'aime ton sourire. C'est Rahim qui m'a parlé de ces petits creux. Il m'agace, Rahim, mais il a raison. C'est mignon...

Ses mains atteignaient ses oreilles.

—Tu me chatouilles ! protesta-t-elle.

—Ne bouge pas !

Il commandait, à présent. Les lèvres de la fille tremblaient sous les doigts du garçon. Il suivit la courbe de son menton, celle de son cou, revint en arrière pour détacher sa queue de cheval et ramener ses cheveux sur ses épaules.

—Tu as fini ? soupira-t-elle.

—Terminé !

—Alors, docteur ?

—Pas mal !

Elle se mit à rire, délivrée.

—Un jour, un homme t'aimera à la folie, tu seras heureuse...

La voix de Léo était triste. « Un homme », avait-il dit. Sous-entendu : pas un infirme. Elle aurait voulu le serrer dans ses bras, mais il aurait pris son geste pour de la pitié et l'aurait repoussée.

Chapitre 11
L'ANCRE ROUGE

CE N'ÉTAIT PLUS UNE ILLUSION. Il reconnut les pas, toujours les mêmes, feutrés, un peu traînants. Ces pas, il les avait déjà entendus. Ceux d'un homme. Les pas des femmes étaient pressés, pointus, syncopés.

À six heures du soir, l'avenue Gounod était presque déserte. De rares voitures passaient, rapides entre les feux éloignés. Plus loin, le tourniquet du jardin public grinçait, avec les rires des enfants dispersés par le jeu. Puis le vent dans les arbres, son souffle puissant accompagné du crépitement des feuilles mortes.

Entre deux respirations aériennes, le bruit recommençait. Les jours précédents, les pas s'interrompaient bien en deçà du carrefour des Ormes, à mi-chemin entre l'école et la villa. Ce n'était pas son père qui le suivait. Pourquoi l'aurait-il fait ?

Pas lui, non, il se serait manifesté. Léo se rappelait ses grandes enjambées. Pendant leurs balades, il lui décrivait tout ce qui les environnait : le ciel bleu ou orageux, les traînées blanches des avions, la barrière de bois et la maison normande avec ses poutres et sa toiture lourde, l'allée rose dont les graviers, emportés par les pneus, débordaient sur le trottoir. Ils roulaient sous ses semelles. Il aurait voulu sentir cela réellement, au lieu de l'imaginer.

« Quand tu reviendras... » Il répétait souvent ces mots en songeant à son père. À force d'espérer, de questionner et de récolter le silence, certains jours, il désespérait.

Halphen ne répondait plus à ses appels. Le petit Thierry occupait le lieutenant sans répit. Il mobilisait le service, la brigade tout entière. La police avait visité toutes les imprimeries de la région. Le téléphone des Huerman était sur écoute. Quinze jours s'étaient écoulés depuis le premier contact. Les médias se désintéressaient déjà de l'affaire. Léo écoutait la radio. Parfois, de plus en plus rarement, on parlait de la rançon. On accusait la police d'inertie et d'incompétence.

Les pas se rapprochaient. Un bruit hostile. Léo prit conscience d'un danger. Celui qui le suivait ne se cachait plus. La panique s'empara de lui. Courir ? La villa était encore trop éloignée. S'arrêter, se retourner, questionner l'homme ? Et s'il se trompait ?

Une voiture approchait ; elle ralentit. Le bruit le rassura. Faire des signes au conducteur, demander de l'aide ? Il allait se décider quand il devina une étrange complicité entre l'homme et l'auto. Le premier pressait le pas ; la seconde roulait de plus en plus lentement, tout près du trottoir. Une portière s'ouvrit. Léo tenta de s'échapper quand une main lui saisit le bras. On l'entraînait, le portait vers l'auto. Il poussa un hurlement.

Soudain, la main qui lui broyait l'avant-bras se desserra. On le repoussa en arrière. Il perdit sa canne et trébucha. Ses mains s'agitèrent dans un réflexe de défense dérisoire. Il perçut un bruit de bagarre, des coups, des gémissements, des jurons. La portière de l'auto claqua. Le moteur rugit et s'éloigna.

Une main le saisit de nouveau. Il se débattit.

—Calmos ! C'est moi, Gus. Qu'est-ce qu'ils te voulaient, ces pourris ?

—Je ne sais pas, balbutia Léo.

Gus ramassa sa canne.

—Merci.

—Idriss avait raison, grommela l'Espagnol.

—Idriss ? À quel sujet ?

—Il nous a demandé de veiller sur toi.

—Pourquoi ?

—Tu demandes pourquoi ? Si je n'avais pas été là, ces mecs t'auraient embarqué, c'est ce qu'ils voulaient. En plein jour, comme ça, c'est chelou. Viens !

Il posa la main sur son épaule.

—À quoi ils ressemblaient ? demanda Léo qui reprenait son calme.

—Je n'en ai vu qu'un, celui qui t'emmenait. Un mec jeune, pas le genre killer. Pantalon à pinces, veste bleue avec un écusson rouge sur la poche, une ancre de marine. Belle gueule... enfin, jusqu'au direct qui lui a défoncé le dentier. Je me suis explosé le poing !

Léo se mit à rire. Gus n'avait pas été champion de karaté pour rien.

—Si tu n'avais pas été là...

—La bagnole, c'était une Mercedes noire, vitres fumées. J'ai noté le numéro, ça peut servir. Tu crois que c'est à cause de notre enquête ?

—L'affaire Huerman ? Non.

Il songeait à son père. Ceux qui le recherchaient voulaient peut-être se servir de lui. C'étaient ces gens-là qui le surveillaient depuis une semaine. Grâce à eux, il aurait pu remonter jusqu'à lui. Oui, mais le mettre en danger, sans doute. Ses pensées étaient confuses.

—Tu m'écoutes, Léo ?

—Tu disais ?

—Ton portable !

—Quoi, mon portable ?

—Il est éteint. Idriss a cherché à te joindre. Ça presse. Il a repéré le gamin.

—Quel gamin ? Thierry ? Tu es sûr ? s'exclama Léo.

—Il paraît.

Léo chercha son téléphone d'une main fébrile. Il avait oublié ses propres agresseurs.

—C'est dingue, cette histoire !

—Laquelle ? dit Gus. Avec toi, on ne s'ennuie pas.

Idriss avait laissé trois messages. L'Africain, toujours si flegmatique, avait l'air surexcité. Maintenant, c'était lui qui ne répondait plus. Léo chercha la main de Gus.

—Il l'a repéré ? Où ça ?

—À Montlouis, je n'en sais pas plus.

—Si c'est vrai, c'est champion ! s'exclama Léo.

Ils étaient arrivés devant la maison. Marthe devait le guetter du haut du perron. Il entendit sa voix :

—Léo !

—Merci encore, chuchota-t-il.

—C'était un plaisir, grogna Gus.

—Tu es tout pâle, constata Marthe en caressant la joue de

son petit-fils.

Léo haussa les épaules :

—Beaucoup de travail. Gus m'a raccompagné.

—Je vois.

« Toujours avec tes zonards », traduisit-il.

—Je m'arrache ! dit Gus. Fais gaffe, petit, et appelle Idriss.

Léo embrassa Marthe, et courut interroger son ordinateur. Idriss avait laissé tous les détails : l'adresse de la planque, les noms des ravisseurs, les accès.

—Ici, Shadow, dit-il. Surtout, ne tentez rien. Laissez opérer la police.

Idriss réagit instantanément, la voix mauvaise :

—On a fait tout le boulot, et ce sont les keufs qui vont passer à la télé !

—Tu veux être interviewé ? ironisa Léo.

—Pourquoi pas ?

—Il y aura une prime.

—Tu parles ! gronda l'Africain. Je préfère jouer à l'Euro Millions, c'est plus sûr !

—Beau boulot ! dit Léo avec émotion.

Il téléphona aussitôt à Halphen :

—Du nouveau dans l'enlèvement ?

—L'enquête progresse.

La voix du lieutenant trahissait l'agacement.

—J'ai une piste, annonça Léo.

—Une piste ?

—Sérieuse. Il y a plusieurs ravisseurs, des Guinéens. Ils sont à Montlouis, dans un atelier désaffecté...

—C'est quoi, ce délire ?

—Zone Alberti, allée12, bâtiment C... Thierry est retenu au sous-sol.

—D'où tiens-tu ces infos ? grommela Halphen, incrédule.

—Simple déduction.

—Tu t'imagines que je vais te croire ?

—Vous perdez du temps, lieutenant.

Il raccrocha, puis resta un long moment recueilli, insensible aux appels de Marthe. Il imaginait la mobilisation générale, les policiers se ruant vers leurs voitures, les gyrophares, les hurlements des sirènes, puis le silence, la progression prudente des membres de la brigade d'intervention. Il songea à l'enfant qui allait retrouver les siens.

Jamais, jusqu'à ce jour, il n'avait ressenti aussi violemment le poids de son infirmité. Être là-bas, à Montlouis, parmi les sauveteurs, voir le soulagement du père, la joie de la mère, les pleurs ou les rires de l'enfant.

Il toucha l'écran pour l'endormir. Puis il murmura pour lui-même : « Mission terminée ! »

Soudain, la peur rétrospective de son enlèvement manqué

l'assaillit. Quel rapport avec son père ? Il y en avait un, il le sentait. L'idée était à la fois excitante et effrayante. Ceux qui l'avaient attaqué risquaient de renouveler leur tentative. Sa nuit était plus épaisse. Elle pesait sur lui comme un manteau de pierre.

Chapitre 12

MANIPULATION

IDRISS NE TENAIT PAS EN PLACE. Il s'asseyait, se levait aussitôt, marchait jusqu'à la fenêtre, revenait. Léo imaginait son visage dur, son air hargneux. Il entendait sa voix trahir sa mauvaise conscience en se hissant dans les aigus.

—Je n'avais pas le choix !

—Si, tu l'avais, riposta Léo. Tu aurais pu tout simplement me dire la vérité au lieu de me faire passer pour un menteur !

—Dans ce cas, la police ne serait pas intervenue, tu le sais bien. Huit petits Guinéens, quelle importance, pas vrai ? Alors que le fils d'un banquier...

—La brigade des mineurs, si. C'est son rôle.

—Qui t'a raconté ça ? grogna l'Africain. Du reste, on a essayé de les alerter.

Il y eut un silence, puis Léo murmura tristement :

—Je te croyais mon ami.

—Je suis ton ami !

—Tu t'es servi de moi ! C'est ça, l'amitié ? Je te faisais confiance, j'ai eu tort !

—Tu perds la mémoire, mec.

Léo entendit un choc. En gesticulant, Idriss avait balayé un objet posé sur la table basse du salon : le pot de fleurs, sans doute. Le juron de l'Africain confirma son hypothèse. À présent, il ramassait les fleurs séchées. Une chance pour le tapis : le vase ne contenait pas d'eau. La laine avait amorti la chute de l'objet en porcelaine.

—Par ta faute, j'ai mis Laurent dans une situation ridicule. Il a mobilisé une armée pour délivrer le petit Huerman, et...

—Et il ne s'agissait que de petits Noirs, enchaîna Idriss avec colère.

—Ce n'est pas ce que j'ai dit ! Mais j'ai menti, il le croit. J'avais besoin de lui pour retrouver mon père. Maintenant...

—Ton flic ne risque pas de t'en vouloir, ricana Idriss. Depuis hier, il fait la une des journaux. La France entière le félicite d'avoir arrêté le gang des Guinéens, des marchands d'esclaves.

—S'il arrive quelque chose au petit Thierry...

—Ce n'est pas ça qui risque de le mettre en danger.

—Qu'est-ce que tu en sais ? Le temps presse.

—Tant que le fric de la rançon n'est pas versé... Tu devrais plutôt penser à toi, ces hommes qui ont essayé de t'enlever...

—Je m'en moque !

—Dans ce cas...

Léo se radoucit. La colère le rendait injuste. Sans la surveillance d'Idriss et l'intervention de Gus, en ce moment, il serait peut-être enfermé dans une cave, ou pire !

—Je suis heureux pour ces gosses, murmura-t-il.

—Moi, je m'excuse de t'avoir manipulé, mec.

—Sur ce coup, tu as été vraiment pourri !

—Yes, mais vise un peu le résultat !

Ils éclatèrent de rire avec un bel ensemble. Idriss se tapait sur les cuisses. Léo fut le premier à retrouver son sérieux :

—N'empêche que l'affaire Huerman est au point mort.

—Pourquoi tu n'utilises pas ton arme ? suggéra Idriss.

—Mon arme ?

—Shadow.

—Je suis censé ignorer l'affaire, ne l'oublie pas. Si le public apprenait que Laurent a demandé mon aide, ce serait le comble !

—Un appel à témoins.

—La police l'a déjà fait, sans succès. Et puis on serait noyés sous les témoignages, la plupart bidon.

—Et la machine ?

—Ça n'a rien donné. La police est dans le noir complet... comme moi, ajouta-t-il avec tristesse.

« Surtout, ne pas pleurer », s'exhorta-t-il. Une vague de découragement le submergeait. Il songea qu'il ne reverrait jamais son père. Il était trop tard, pour l'enfant aussi. Ses pouvoirs, dont il était si fier, ne lui servaient à rien. Au même moment, comme s'il devinait son désarroi, la main d'Idriss lui serra l'épaule :

—Excuse-moi, mec.

Léo grimaça un sourire :

—Tu n'y es pour rien. Mon père n'aurait pas dû m'abandonner.

« Ma mère non plus », faillit-il ajouter.

—Il reviendra un jour, dit l'Africain avec conviction.

—Qu'est-ce qui te fait dire ça ?

—Le *Yélé*, répondit Idriss, l'instinct. On pense intensément à quelqu'un et on sait qu'il n'est pas loin. Sa conscience rencontre la tienne comme l'arc qui produit l'éclair entre le ciel et la terre.

—Si le *Yélé* l'affirme, alors... ironisa Léo.

Il aimait le caractère d'Idriss, son mélange de force et d'innocence, et la poésie qui illuminait souvent ses discours. Comment lui en vouloir ?

Idriss s'est servi de moi ! Le pire, c'est que je ne peux pas lui reprocher sa trahison. D'une certaine manière, ces mômes, venus de Guinée, ressemblent au petit Africain qu'il a été. Il ne parle jamais de son enfance, mais je devine ce qu'il ressent. Et puis, il a raison : seul le résultat compte : un gang a été arrêté, même s'il n'avait aucun rapport avec l'enlèvement de Thierry Huerman. Huit enfants ont été délivrés. De petites victimes forcées à mendier, battues, affamées. La presse ne tarit pas d'éloges à l'égard des auteurs de ce coup de filet. Malgré tout, Laurent doit m'en vouloir, je suis sûr qu'il m'en veut : il ne répond plus à mes appels ! S'il arrive quelque chose à Thierry, il ne me le pardonnera jamais. Comment lui expliquer la situation sans compromettre Idriss et sa bande ? Pour le moment, je n'ai parlé à personne de la tentative d'enlèvement dont j'ai été victime, ni à Laurent, ni à Marthe, ni même à Angélica. Seuls Idriss et Gus sont au courant. Ils continuent à veiller sur moi sans me le dire. Je le devine à certains détails. Je ne maîtrise plus rien. Parfois, il me semble que je vais toucher au but, et parfois que je m'en éloigne. Si mon père était vivant, il ne me laisserait pas dans cet état de désespoir. Je ne dois pas penser ainsi, je ne dois pas... Il m'a appris à aimer la vie. Cette leçon est plus importante que toutes celles que me prodiguent les profs d'Herzog à longueur de temps. Je suis si fatigué...

Après avoir enregistré son journal et interrogé Shadow,

comme tous les jours, Léo résolut deux énigmes en deux heures, puis il essaya d'écouter un roman enregistré. On en trouvait de plus en plus sur Internet. Cependant, la voix du comédien était trop affectée. Il se souvint qu'il possédait le livre en braille. Au bout de quelques minutes, il éteignit son ordinateur et laissa ses doigts courir sur les signes. Rien n'égalait la lecture, cette liberté qui le transportait vers d'autres mondes.

Chapitre 13
MYSTÈRES

APRÈS LA LIBÉRATION INATTENDUE du petit Thierry Huerman, qui avait suivi de peu celle des huit Guinéens, Laurent Halphen, devenu célèbre, avait retrouvé sa bonne humeur. Il s'étira dans le fauteuil préféré de Marthe.

—Maintenant, explique-moi, exigea-t-il.

—C'est vous qui me devez une explication, répliqua Léo.

—Je te dois !

Le jeune garçon imagina le visage faussement indigné du lieutenant.

—L'opération s'est bien déroulée ?

—Tu parles de la libération de Thierry ? Bien, trop bien. Un appel anonyme. Tu as dû écouter les nouvelles...

Il s'interrompit pour laisser Marthe envahir la véranda et déposer un plateau sur la table de fer.

—Le lieutenant n'aime pas le thé, et tes gâteaux le font grossir, soupira Léo qui avait deviné le contenu du plateau à l'odeur.

—J'aurais dû servir du champagne ! s'exclama Marthe. Depuis plusieurs jours, il n'est question que de vous à la télé. Le sauveur des enfants ! Quand je pense... Des esclaves ! On vit une drôle d'époque tout de même. En tout cas, vous êtes le héros du jour.

—Au journal télévisé, vous avez dû voir surtout le ministre et mon divisionnaire.

—Votre nom a été cité. Ne faites pas le modeste, Laurent. Vous permettez que je vous appelle Laurent ?

—Je vous en prie.

—Il y a tant d'enlèvements qui connaissent un dénouement tragique. Il est mignon, ce petit Thierry. Il est vivant, et c'est grâce à vous.

—N'exagérons pas. Pourquoi tu te marres, toi ?

—De plaisir, je ris de plaisir, répliqua Léo. Je suis fier d'être l'ami du plus célèbre flic de France.

—Arrête de te payer ma tête !

—Bon, je vous laisse entre hommes, dit Marthe. Je vais faire des courses. Léo, si tu vois Luisa, dis-lui que son enveloppe est sur le réfrigérateur.

—N'oublie pas le champagne ! cria Léo.

Resté seul avec le policier, il demanda :

—Vous avez dit « trop bien » à propos de la libération de Thierry. Pourquoi trop bien ?

—Il y a quelque chose qui ne colle pas dans cette histoire.

—Je croyais que tout était clair.

—Justement. Un appel anonyme, une maison vide, et là, une femme d'Europe de l'Est, douce, une vraie nounou. Elle ne comprend pas un mot de français. Mais grâce à un traducteur bulgare, on découvre qu'elle a été engagée pour garder l'enfant. Elle a bien fait son travail, du reste. Thierry ne manquait de rien. Elle n'a jamais vu les ravisseurs. Une femme voilée lui a amené l'enfant. Dans la villa, tout était net. Pas une empreinte, sauf celles de Véra, la Bulgare, et des propriétaires de la maison, deux retraités qui vivent sur la Côte d'Azur et tombaient des nues.

—Une femme voilée… murmura Léo d'un air rêveur.

—Homme ou femme, le cerveau nous a échappé. Et il a emporté la rançon.

—La rançon ? s'étonna Léo. Je ne savais pas…

—Nous n'avons rien dit aux journalistes. Le père de l'enfant a profité de l'effervescence de nos services pour livrer l'argent. La libération de Thierry lui donne raison. Mais le dossier n'est pas clos. Je veux la peau du ravisseur !

Léo se frotta les mains :

—Donc, vous avez besoin de moi !

—Oui, pour m'expliquer comment tu as découvert ce trafic d'enfants. Je parle des jeunes Guinéens.

—Je surveille Internet. J'entends des messages.

—Nous aussi.

—Mon nom de code est Shadow.

—Je sais. Alors, tu veux parler, oui ou non ?

—Je fais ce que je peux. N'avez-vous pas récupéré ces enfants ?

—Si, bien sûr, et je t'en remercie. Mais j'ai besoin d'en savoir davantage. J'ai parlé de toi à mes supérieurs, bien obligé. Si tu ne te confies pas à moi, ce sont eux qui viendront t'interroger.

Léo s'agita sur sa chaise, puis il ôta ses lunettes et les déposa sur la table. Il retira aussitôt ses doigts comme si le fer l'avait brûlé.

—Écoutez, dit-il. Je vous aiderai à identifier le cerveau.

—Ouais, et comment tu procèderas ?

—Je ne sais pas encore. Laissez-moi trois jours.

—Impossible !

—Deux jours, deux jours seulement. Mais à une condition : ne parlez de moi à personne. Je suis en danger.

—En danger, toi ? s'esclaffa le lieutenant.

Les yeux pâles de Léo furent soudain remplis de panique.

—On a tenté de m'enlever.

—Toi aussi ? Décidément, c'est une épidémie !

—Vous ne me croyez pas ? C'est la vérité, je vous le jure.

—Où ça ?

—Près d'ici, deux hommes à bord d'une Mercedes immatriculée 7865DZT.

—Tu as noté le numéro ? ironisa le policier.

—Pas moi, l'homme qui est venu à mon secours.

—Et où est-il, ton Zorro ?

—Je ne sais pas. Il ne m'a pas dit son nom, mais j'ai le signalement de mon agresseur : il est jeune, blond, et porte une veste bleue avec une ancre rouge, ici. Il y avait aussi un chauffeur, mais mon ami n'a pas pu voir son visage à cause des vitres fumées.

—Ton ami ?

—Enfin, mon sauveur.

—Bien, on va vérifier.

Le lieutenant ouvrit son portable, composa un numéro :

—Fred ? Salut. Trouve-moi le propriétaire d'une Mercedes immatriculée...

—7865DZT, dit Léo.

Halphen répéta le numéro, puis il dit :

—J'attends...

Au bout de quelques instants, il grogna :

—Protégée, tu es sûr ?... Aucun moyen ? Je vois... Non, je vais m'en occuper !

—Qu'est-ce qui se passe ? demanda Léo avec impatience.

Le lieutenant resta un moment songeur avant d'expliquer :

—Cette voiture, d'après l'immatriculation, elle appartient aux services spéciaux.

—Donc, c'est à cause de mon père !

—Sans doute, j'en aurai le cœur net. Le service dépend du ministère de la Défense, pas celui de l'Intérieur, mais j'ai un contact là-bas.

Léo se dressa si vivement qu'il faillit tomber en avant.

—Doucement, conseilla le lieutenant.

—S'ils ont tenté de m'enlever, c'est que mon père est vivant. Ils veulent le faire chanter, l'obliger à se démasquer...

—Nous verrons. Ne t'emballe pas. Pour commencer, je vais te mettre sous protection. Ceux qui t'ont agressé peuvent récidiver. Sois prudent. Tu entends ?

—Promis.

—Une chose encore : ta scolarité est réglée chaque trimestre avec l'argent de ton père. Ta grand-mère ne t'a rien dit ?

—Non, je croyais...

Il remit ses lunettes d'une main tremblante.

—Mais alors... Où est-il ?

—Très loin, peut-être. L'argent a été versé à la banque avant sa disparition.

—C'est qu'il a tout prévu : il savait qu'il allait disparaître. Alors, il a pris ses dispositions. Il continue à s'occuper de moi.

—Je vais vérifier tout ça. En attendant, tu ne veux pas me parler des Guinéens ?

—Non, mais je démasquerai le cerveau de l'affaire Huerman.

—Tête de mule !

Léo le menaça du doigt :

—C'est une façon de traiter le plus génial des détectives ?

Halphen posa la main sur la sienne et ajouta avec une cordialité bourrue :

—Après-demain, je reviendrai te tirer les oreilles.

—Avec des nouvelles de mon père ?

—Je l'espère.

Il avisa l'ordinateur installé dans un angle de la véranda.

—C'est avec ça que tu enquêtes ?

Léo sourit d'un air mystérieux.

—Il obéit à ma voix, à aucune autre. Grâce à lui, je cesse d'être aveugle. Grâce à vous aussi, lieutenant. J'ai l'impression de voir plus loin que vos experts et vos limiers. Eux, ils avancent. Moi, je reste dans l'ombre. Shadow !

—N'en sois pas si sûr ! Les autres veulent savoir qui tu es, mes supérieurs.

—Vous m'avez promis...

—Je n'ai rien promis du tout.

—Un pauvre infirme, qui vous croira ? Et puis si vous parlez trop... Vous risquez de me livrer à mes ennemis. N'oubliez pas que je suis en danger !

—J'ai la vague impression que tu abuses de la situation.

—C'est vrai, acquiesça Léo. Et vous n'avez encore rien vu, lieutenant !

Chapitre 14

RÉVÉLATIONS

ANGÉLICA ÉCOUTA SAGEMENT L'EXPOSÉ DE LÉO. À la fin de l'enregistrement, n'y tenant plus, elle s'exclama :

—Génial, tu as raison. On ne le retrouvera jamais !

Le garçon sourit d'un air énigmatique :

—Le cerveau ? Je sais qui c'est.

—Qui ?

—La solution est élémentaire.

—Pas pour moi, dit la jeune fille, boudeuse. Si tu connais les coupables, pourquoi tu n'appelles pas Laurent ?

—Ça, c'est mon affaire.

—Comme tu voudras ! Je te laisse à tes réflexions.

—Attends, ne te fâche pas.

—Je ne suis pas fâchée, dit-elle d'un ton qui prouvait le contraire.

—Je voudrais que tu restes avec moi, que tu m'aides.

—Comme si tu avais besoin de moi, monsieur le grand détective.

—C'est mercredi. Tu es libre, non ?

—J'ai promis à ma sœur, Maria, de l'accompagner au manège.

—Il y a une fête foraine ?

Elle se moqua de lui :

—Un manège de chevaux, de vrais chevaux, pas des chevaux de bois. Le haras de Vertilly. Elle apprend à monter.

—J'attends quelqu'un, insista Léo. J'aimerais que tu sois là.

—La police ?

—Non, pas la police.

Il avait réussi à éveiller sa curiosité. Il sentit qu'elle n'avait plus envie de s'en aller.

—À quelle heure, ta visite ? demanda-t-elle.

—Il ne va pas tarder.

—Si tu as besoin de moi... Je vais téléphoner à Maria. Elle ira là-bas avec une amie. Mais ta grand-mère ?

—Elle est avec ses copines. Elles font du cheval, peut-être, elles aussi.

—Tu n'as pas honte ? pouffa Angélica.

Après avoir appelé Maria, elle s'assit à ses côtés, sur le canapé du salon. Ils restèrent ainsi un long moment, savourant le plaisir d'être ensemble. La maison était à eux. On entendait le tic tac d'une pendule et le bruit lointain de l'avenue.

—Tu veux que je mette de la musique ? proposa Angélica.

Comme il ne répondait pas, elle prit son silence pour un refus. Soudain, Léo se pencha, prit un bouquet de laurier rose posé sur la table basse et enfouit son visage au milieu des fleurs, respirant l'odeur légère, un peu sucrée. Qui l'avait cueilli, ce bouquet ?

La voix moqueuse de la jeune fille lui parvint :

—Qu'est-ce que tu fais ? Tu butines ? Tu ressembles à une grande abeille !

—J'aimerais être une abeille, soupira-t-il. Pouvoir voler, être libre, voir le monde d'en haut, admirer la couleur des fleurs, la couleur de tes yeux.

Angélica se tut comme chaque fois qu'elle était troublée. Il jeta le bouquet et se leva. Il avait cru déceler sa compassion ; il n'en voulait pas. Ses molosses lui manquaient, Idriss, Gus, Rahim, Jim... Leurs sarcasmes, leurs chahuts. Ils demeuraient à l'écart à cause des policiers dont la voiture banalisée, garée près de la villa, se remarquait à un kilomètre. Il les avait avertis : « Silence radio ! ». Seule, Jasmine avait fait la sourde oreille. Elle était venue lui apporter des loukoums, ses préférés. Les policiers avaient dû la repérer, la photographier.

—Tu m'apprendras à lire ? lui demanda Angélica.

—Quand tu seras en CE2, plaisanta-t-il.

—Le braille, idiot !

—Si tu veux.

Il alla fouiller dans le coffre où Marthe entassait ses revues de décoration et en sortit un livre tout blanc. Il caressa la couverture.

—Qu'est-ce que c'est ?

—*L'Île au trésor.*

—Je l'ai lu.

—En anglais.

—C'est génial, murmura-t-elle, impressionnée.

—Comment tu es habillée ? demanda-t-il.

La question la prit au dépourvu.

—Devine !

Elle s'approcha de lui. Il l'effleura timidement.

—Un jean... Un pull, très doux... Une chemise, un col pointu... Un collier de diamants...

Elle éclata de rire :

—N'importe quoi ! Ce sont des cailloux verts...

—Des émeraudes ?

—Évidemment, un demi-kilo d'émeraudes.

Soudain, il retira ses mains et s'écarta. Un homme approchait. Elle ne l'avait pas entendu venir. Léo, si.

Le personnage essoufflé qui parvint au sommet du perron et passa le seuil de la porte ne ressemblait en rien à ce qu'elle avait imaginé. Il était petit, ventru, engoncé dans un manteau en poils de chameau, d'où émergeait un crâne chauve à la peau rose.

—Maître Verneuil, l'avocat de mon père, présenta Léo en reconnaissant le nouveau venu à sa démarche et à son souffle... Mon amie, Angélica.

—Votre grand-mère n'est pas ici ? s'étonna le petit homme. J'avais cru comprendre...

—Asseyez-vous, je vous en prie, le coupa Léo.

L'avocat obéit, et Angélica admira l'aisance avec laquelle son ami maîtrisait la situation. Après s'être assis à son tour, Léo poursuivit :

—Mon père avait confiance en vous.

—Votre père était mon ami, répliqua Verneuil. Je suis désolé de ce qui lui est arrivé.

—Que lui est-il arrivé ?

—Mais... Il a disparu, n'est-ce pas ?

—Vous n'avez plus jamais eu de ses nouvelles ?

—Plus jamais !

Le petit homme se leva, ôta son manteau et s'épongea le visage avant de se rasseoir. Léo attendit qu'il ait terminé avant de reprendre :

—Ce n'est pas pour cela que je vous ai prié de venir.

—Il ne s'agit pas des affaires de votre père ?

—Pas du tout. Cependant, ce que je vais vous confier exige le secret le plus absolu.

—Cela va de soi.

—Vous me donnez votre parole de ne pas répéter ce que vous allez entendre ?

—Je suis avocat ! protesta Verneuil. Et je considère que vous êtes mon client. Je suis donc tenu au secret professionnel.

Voyant que Léo ne se déciderait pas à parler, il soupira :

—Vous avez ma parole !

—Bien, vous avez suivi l'affaire Huerman ?

—L'enlèvement de l'enfant ? Comme tout le monde. Du reste, je connais l'employeur du père, la Banque Générale. J'ai plaidé pour elle.

—Ah !

—Il y a longtemps. Vous pouvez me faire confiance. De quoi s'agit-il ?

—Thierry Huerman a été enlevé, puis rendu sain et sauf à ses parents. La rançon a été versée. Le cerveau de l'affaire a disparu avec l'argent. Selon Laurent Halphen, le lieutenant chargé de l'enquête, le système de repérage indétectable, glissé dans les liasses de billets, n'a pas cessé d'émettre. Le véhicule, suivi par satellite, a respecté l'itinéraire convenu. Charles Huerman, qui tenait le volant, a lancé la sacoche dans la décharge indiquée par les ravisseurs. Les policiers encerclaient la zone. Ils surveillaient tous les accès. Ils ont attendu des heures avant de fouiller les lieux. L'endroit est resté désert pendant tout ce temps...

—Et ? dit l'avocat avec impatience.

—Personne ne s'est pointé. Or, lorsque les flics ont récupéré la sacoche, elle était vide : les six cent mille euros avaient mystérieusement disparu. Pas la moindre trace. Le cerveau a réussi à s'emparer de la rançon sans éveiller l'attention avant de s'évanouir comme un fantôme. Qu'est-ce que vous dites de ça ?

—Étonnant ! grogna Verneuil.

Léo hocha la tête :

—La police n'a aucune piste. Elle ignore le nom du coupable. Moi, je le connais.

—Diable ! grogna l'avocat. Vous n'êtes tout de même pas...

—Complice ? Non, dit Léo en riant. Imaginer un tel plan est dans mes cordes. Quant à l'exécuter, j'en serais bien incapable.

L'avocat nota la mélancolie du jeune aveugle. Il murmura d'un ton chaleureux :

—Cependant, vous avez besoin de mes conseils.

—Oui, dit Léo avec une énergie subite. Voyez-vous, les coupables de l'enlèvement sont les parents de l'enfant.

—Ses parents !

Verneuil et Angélica s'étaient exclamé en même temps.

—Ses propres parents, oui, continua Léo. Ne me demandez pas comment je suis arrivé à cette conclusion, mais c'est la vérité, je peux vous l'assurer. La police m'a demandé de l'aider à démasquer les ravisseurs. J'ai résolu l'affaire. Je dois donner ma réponse demain. Or, avant de dénoncer les coupables, j'hésite.

—Vous vous demandez ce qu'ils encourent, dit Verneuil. En tout cas, ironisa-t-il, je peux vous dire qu'ils auront besoin d'un bon avocat.

—Que risquent-ils ?

—S'ils se rendent et restituent le montant de la rançon, compte tenu qu'il n'y a pas eu de violence, le minimum.

—C'est-à-dire ?

—Quelques années de prison. Trois, peut-être...

—Tout de même.

—Leur délit peut être assimilé à une escroquerie. Même si la banque et la compagnie d'assurances retirent leur plainte, le parquet risque de poursuivre.

—Et si la police témoigne en leur faveur ?

—Avec un magistrat indulgent : deux ans dont un avec sursis. De plus, le père perdra son emploi. Un banquier escroc...

—Ça existe, paraît-il.

—Je parle de justice.

—Moi aussi.

—Ils n'éviteront pas la prison, dit Verneuil d'un ton de regret.

—Dans ce cas, c'est impossible, décida Léo. Je vais effacer mes preuves et oublier mes déductions. Je ne punirai pas un enfant innocent. Car c'est lui la victime, en réalité.

—C'est un fait, reconnut l'avocat.

Il devinait qu'en plaidant la cause de l'enfant, Léo parlait de lui-même : il connaissait la douleur d'être privé de ses parents.

Il ajouta :

—Cela regarde uniquement votre conscience. En ce qui me concerne, je n'ai rien entendu.

Léo sourit :

—Merci, maître. Mon père vous appréciait. Il avait raison.

Verneuil réfléchit, puis se frappa le front comme s'il se rappelait un détail important :

—Pierre Meyer, ce nom vous évoque quelque chose ?

—Meyer ? Non, je ne vois pas.

—C'était un ami de votre père, un homme sympathique. Il est venu me voir il y a deux ans environ. Il voulait retrouver

Julien. Il avait besoin de son aide. Il n'a pas voulu me révéler le motif de sa démarche. Mais j'ai cru comprendre que c'était important. Il savait beaucoup de choses à propos de votre père. Ils avaient travaillé ensemble, en Afrique et au Moyen-Orient. Vous pourriez le contacter... Je dois avoir son numéro...

Il fouilla dans la serviette déposée au pied de son fauteuil et un sortit un volumineux carnet d'adresses.

—Meyer... Pierre Meyer... 01 49 73 20 84.

Angélica nota le numéro, mais c'était inutile : Léo l'avait déjà enregistré mentalement.

—Merci, maître.

—De rien, dit l'avocat en reprenant son manteau. J'espère que vous retrouverez votre père. J'aurais plaisir à le revoir. C'était un homme courageux. Je me plais à constater que son fils lui ressemble.

Angélica raccompagna poliment l'avocat jusqu'à sa voiture, garée sur l'avenue. Lorsqu'elle revint, Léo n'avait pas bougé. Il s'étonna :

—Tu pleures ?

—Moi ? qu'est-ce que tu vas chercher ?

—Mais si, tu pleures, je l'entends. C'est l'émotion ? Parce que cet homme m'a fait des compliments ?

—N'importe quoi !

—Je peux toucher tes yeux ?

—Bien sûr que non ! C'est une manie chez toi.

—Tu acceptes bien le regard des autres.

—Ce n'est pas la même chose !

—Plus franc ?

—Non, moins... troublant.

 Cette fois, elle pleurait vraiment et elle riait à la fois.

—Bon, cette leçon de lecture, on s'y met ? dit-il avec sévérité en lui tendant *L'Île au Trésor*.

Chapitre 15
LUCIE

APRÈS LA BRUME FROIDE DE LA BERGE, l'air du café lui parut suffoquant. Une odeur grasse de viande cuite se mêlait aux émanations plus vagues du goudron ou du caramel brûlé.

—Par ici !

Angélica le guidait par la main entre les tables et les chaises qui laissaient peu de place aux nouveaux arrivants. À leur entrée, les conversations s'étaient tues, à cause de leur jeunesse, ou bien à la vue de sa canne blanche. À présent, elles recommençaient de plus belle comme pour rattraper le temps perdu. Il y avait beaucoup de monde, des hommes au langage rude. Il pensa aux marins bretons. Cependant, la Marne n'était pas l'océan.

—Tu la vois ?

—Non, chuchota Angélica. Si, je crois...

—Comment est-elle ?

—Blonde, sexy, avec un jean et un pull blanc, un col roulé.

—Tu es sûre ?

Cette description ne correspondait pas à l'idée qu'il s'était faite de Lucie Meyer en parlant avec elle au téléphone, après avoir appelé le numéro indiqué par Verneuil. Elle lui avait appris la mort accidentelle de son époux, avant de lui donner rendez-vous dans un café du quartier, une sorte de buvette au bord de la Marne, *La Capitainerie*.

Au son de sa voix, il avait imaginé une femme en noir un peu sèche.

—Elle se lève. Oui, c'est elle, elle vient vers nous, murmura Angélica.

—Bonjour, Léo.

Des mains résolues remplacèrent celles d'Angélica. Elles le conduisirent vers une chaise, un peu à l'écart. De là, il perçut le bruit du fleuve et il se dit que *La Capitainerie* devait être construite en partie sur l'eau.

—C'est ta sœur ?

—Non, dit Angélica.

—Ma cousine, s'empressa de préciser Léo. Elle m'aide.

Il toucha ses lunettes noires.

—Elle est charmante.

—Vous êtes Lucie ?

—Lucie Meyer, oui. Tu ne te souviens pas de moi ? Ce n'est pas surprenant : je ne t'ai rencontré qu'une fois, sur l'île de Gram, tu avais deux, trois ans, un peu plus peut-être.

—Gram… répéta-t-il, songeur.

Il y avait tant de monde sur l'île, l'été, tant d'amis.

Un homme s'approcha de leur table. Il sentait l'alcool et le rôti, une odeur de viande.

—Tu veux boire quelque chose ? proposa Lucie.

—Un chocolat.

—Moi aussi, dit Angélica.

—Pour moi, une bière, commanda Lucie.

Sa voix était jeune, parfois enjouée, parfois lasse.

—J'ai téléphoné chez vous à plusieurs reprises. Ta grand-mère a refusé de me recevoir et de prendre mes appels. C'est pourquoi j'ai choisi cet endroit, expliqua Lucie. J'ai été heureuse que tu m'appelles. J'ai des choses à te confier. Tu as le droit de savoir. Quel âge as-tu ?

—Quinze ans.

—Quinze, approuva-t-elle comme s'il confirmait son propre calcul. Avant sa mort, Pierre, mon mari, m'avait confié des documents en me recommandant de les donner à ton père s'il lui arrivait quelque chose. Malheureusement…

Sa voix se brisa.

—Comment est-ce arrivé ? demanda Léo, gagné par l'émotion.

—Son voilier a chaviré au large du cap Fréhel, en Bretagne. On a retrouvé son corps le lendemain. Pourtant, la mer n'était pas agitée et Pierre était bon marin. Mais les courants sont dangereux à cet endroit de la côte.

—Il connaissait bien mon père ?

—Ils étaient amis depuis longtemps. Ils travaillaient ensemble.

—Votre mari faisait le commerce des tableaux, lui aussi ?

Il crut percevoir son rire étouffé.

—Des tableaux ? Pas du tout. Pierre n'entendait rien à la peinture. C'était un ancien militaire, comme Julien. Après avoir quitté l'armée, ils ont effectué des missions ensemble, j'ignore lesquelles. Pierre était un homme secret. Ton père aussi, j'imagine. Ce dossier...

Léo sentit qu'elle déposait un objet sur la table. Elle l'enleva presque aussitôt pour permettre au serveur de déposer leur commande. Puis elle attendit qu'il ait fini avant de poursuivre :

—Comme je te le disais, ce dossier, j'étais chargée de le transmettre à Julien. Il contient des souvenirs et des documents importants auxquels je ne comprends rien. Pierre m'avait recommandé de ne pas le communiquer à la police. Le détruire ? J'y ai pensé, mais je ne m'en sentais pas le droit :

Pierre y tenait trop. Alors, le voici, il te revient.

—Pourquoi ne pas le donner à mon père ? s'étonna Léo.

—Mais, enfin... Je ne pouvais pas.

—Vous ne saviez pas où il était ?

—Si, mais... Mon Dieu, ta grand-mère ne t'a rien dit ?

—À quel sujet ?

—Ton père est mort ! Il a disparu un mois et demi avant Pierre.

—Mort, papa ? balbutia Léo. C'est impossible !

Il se dressa brusquement. Maladroit, il renversa sa tasse de chocolat. La main d'Angélica serra la sienne.

—Je suis désolée, murmura Lucie, bouleversée. J'ignorais que tu n'étais pas informé, sans cela... C'est Pierre qui m'a raconté l'accident d'alpinisme, cette chute... Sa corde s'est rompue. Ton père est tombé dans une crevasse. On a recherché son corps pendant des jours et des jours.

—En montagne ? Où cela ? demanda Léo à travers ses larmes.

—En Suisse, dans le massif de la Jungfrau.

—En Suisse... répéta Léo d'une voix altérée.

—Six semaines avant la mort de Pierre, précisa Lucie. Ces deux hommes avaient parcouru les cinq continents, affronté des tempêtes, fait la guerre. Et là... ces accidents stupides...

—Pourquoi Marthe ne m'a rien dit ? Vous êtes sûre qu'elle

est au courant ?

—Elle a peut-être voulu te protéger.

—Me protéger de quoi ?

—Du chagrin, je ne sais pas... Ta mère était très malade, à cette époque. J'ai appris sa mort peu après.

—Elle m'a menti pendant tout ce temps !

—Pas vraiment, intervint Angélica avec douceur. Elle t'a laissé entendre qu'il ne reviendrait plus.

—Qu'est-ce que ça change ?

Son chagrin faisait place à la colère. Il se tut et Lucie respecta son silence. Au bout d'un long moment, il murmura :

—À quel moment est-il mort ?

—En septembre... Le 12 septembre 2008, si je me souviens bien, six semaines exactement avant Pierre.

Elle parla longtemps, lui racontant tout ce qu'elle savait, ce que Pierre lui avait dit. Cependant, Léo ne l'écoutait plus. Il était meurtri. L'espoir qui le soutenait depuis des années venait de s'effondrer en quelques instants. Lucie était incapable de lui mentir, il en avait la certitude. De plus, il y avait ce dossier, ces documents. Grâce à eux, il pourrait découvrir les raisons et les circonstances de sa mort.

—Je regrette de t'avoir annoncé cette terrible nouvelle d'une façon aussi brutale, soupira Lucie.

—Il ne faut pas, je vous remercie, je préfère connaître la vérité, dit-il avec effort. Merci aussi pour le dossier.

Il tendit la main.

—Je vais le porter, décida Angélica.

Il ne réagit pas. Il avait l'impression d'être en proie à un cauchemar. Lucie le serra dans ses bras. Ses joues étaient humides.

Elle proposa :

—Vous voulez que je vous dépose ?

Il secoua la tête :

—C'est juste en haut de la rue. Je vous téléphonerai bientôt, si vous le permettez.

—Quand tu veux, à n'importe quel moment. Je peux revenir...

Elle les regarda s'éloigner avant de regagner sa voiture. Léo entendit le moteur, puis le silence, le bruit de leurs pas. Il marchait lentement, Angélica à son côté. Au bout de quelques mètres, elle chuchota :

—Il y a un homme, il nous suit.

—Grand ? Le crâne rasé ?

—Je ne sais pas, il porte un bonnet de laine et un long manteau. Tu sais qui c'est ?

—Gus, un ami. Tu te souviens de lui ?

—Gus, oui, je ne l'avais pas reconnu, dit la jeune fille.

Il avait demandé à l'Espagnol de veiller sur eux, le temps

du rendez-vous. Il était resté dans l'ombre.

—Tu vas garder le dossier, ordonna-t-il. Si Marthe le découvrait, elle serait capable de le brûler !

—Que vas-tu faire ?

—Réfléchir. Rappeler Lucie. J'ai d'autres questions à lui poser. Cette histoire est étrange...

Il ne pleurait plus, mais il avait du mal à parler.

—Tu veux que je reste avec toi ? proposa Angélica.

—Ta mère s'inquièterait.

—Elle rentre vers dix heures.

—Non, il fait sombre, n'est-ce pas ? Gus va te raccompagner.

—Alors, à demain.

Elle lui fit la bise.

—Sans toi... souffla-t-il.

Elle devina tout ce qu'il n'avait pas la force de lui avouer.

—Je serai là, toujours, promit-elle.

Chapitre 16

MISSIONS SECRÈTES

COMME BIEN DES ADEPTES DU JT de vingt heures, Marthe n'en finissait pas de commenter l'actualité : les grèves, les faits divers, les attentats, le retour du froid qui paralysait la circulation, les caprices du climat, tout y passait. Laurent Halphen écoutait poliment la vieille dame. Seul le frémissement de ses pieds, sous la table basse du salon, trahissait son impatience. Le lieutenant avait l'honneur et la malchance de rappeler à Marthe les exploits légendaires de son époux, au sein de la police judiciaire, et sa propre jeunesse, quarante ans auparavant.

Profitant d'une interruption, il se tourna vers Léo :

—Tu ne dis rien ?

—Je n'ai rien à dire.

—Je croyais pourtant...

Léo perçut l'ironie sous les paroles du policier. Il avait promis de lui révéler le nom du cerveau de l'affaire Huerman. Il ne tiendrait pas sa promesse. De plus, il pressentait que Laurent avait autre chose en tête.

—En deux jours...

—Je ne te reproche rien.

La gentillesse du ton accentua le chagrin de Léo. Le policier, de son côté, semblait intrigué par la tristesse inhabituelle du garçon. Profitant de l'absence de Marthe, montée à l'étage, il assura :

—Ne t'en fais pas : nous finirons par coincer le coupable.

—Je n'en doute pas.

—Qu'est-ce qui t'inquiète, dis-moi ? Ceux qui t'ont agressé...

—Je me fiche de ces gens-là. J'ai appris que mon père était mort. Vous le saviez, n'est-ce pas ?

Il était déterminé à se taire, mais la sympathie de Laurent le désarmait.

—Pourquoi dis-tu ça ?

Les larmes du garçon, retenues trop longtemps, l'étouffaient.

—Qu'est-ce qu'on t'a raconté ?

—Je sais que c'est vrai ! balbutia Léo.

—Quelle preuve as-tu ?

—Il est mort le 12 septembre 2008, au cours d'une course en montagne, sur un sommet de la Jungfrau, au cœur de la Suisse. C'est Lucie Meyer, une amie de mon père, qui me l'a dit. Rien ne permet de mettre sa parole en doute. Du reste, j'ai écouté les informations de l'époque, les communiqués radio, les commentaires des journalistes...

—C'est tout ?

—Qu'est-ce qu'il vous faut de plus ? cria Léo.

—Le 12 septembre 2008, tu dis ? reprit le policier d'un ton paisible. Effectivement, ce jour-là, quelqu'un est tombé dans une crevasse. Ton père ? Je n'en sais rien. Mais je peux t'assurer que, s'il est tombé, il a survécu : Julien Langlois était bel et bien vivant en juin 2009.

—Vous dites ça pour me rassurer ?

Léo ôta ses lunettes et s'essuya les yeux d'une main tremblante.

—Pourquoi je te mentirais ? J'ai poursuivi mon enquête, comme promis. J'ai retrouvé les auteurs de ta tentative d'enlèvement. L'ancre rouge se nomme Lemoine. Un comparse sans intérêt. Le conducteur de la Mercedes, lui, Decker, est plus important.

—Vous les avez arrêtés ?

—Pour quel motif ? Enlèvement ? Nous n'avons aucune preuve. Si au moins nous pouvions compter sur le témoignage de l'homme qui t'a sauvé. Mais tu prétends qu'il a disparu ! Et puis ce Decker n'est pas le premier venu. C'est un homme influent. Il a fait partie des services secrets français. Il est toujours en relation avec eux, du reste. À ce titre, il jouit d'une sorte d'immunité. La police est désarmée.

—On ne peut rien faire, alors ?

—Je n'ai pas dit ça. Ce qu'on m'interdit excite toujours ma curiosité. J'ai des amis dans cette mystérieuse maison, ce sont eux qui m'ont renseigné.

—Vous disiez que mon père est vivant ?

—J'y arrive : ton père travaillait avec ces gens-là.

—Il était agent secret, lui aussi ? murmura Léo.

—On peut lui donner ce nom-là, effectivement. Il a accompli plusieurs missions pour nos gouvernements successifs, en Afrique, notamment. Et je pense que son activité de marchand de tableaux et d'expert en art primitif n'était qu'une couverture. Son dernier rapport officiel, ou officieux, est daté de juin 2009. Il provient du Darfour. Tu sais ce que c'est, le Darfour ?

—C'est en Afrique.

—En Afrique de l'est, oui, une province du Soudan. Une région troublée et une mission dangereuse. Le rapport est authentique. C'est bien ton père qui l'a envoyé. Il était donc vivant, à cette époque, neuf mois après sa prétendue disparition.

—Qui est mort à la Jungfrau, dans ce cas ?

—Je l'ignore. Ton père a peut-être voulu faire croire à sa disparition. Dans sa profession, on se fait beaucoup d'ennemis. C'était son cas, d'après mes premières constatations. Il avait la réputation d'un homme dangereux. Il a sans doute voulu se mettre à l'abri, te mettre à l'abri, tu comprends ?

—Vous êtes sûr ? murmura Léo avec espoir.

—Qu'il n'est pas mort en septembre 2008, c'est incontestable. Pour la suite... À ce stade, l'enquête devient difficile. Les services secrets portent bien leur nom. Les policiers qui mettent leur nez dans les affaires d'État sont mal notés ou manipulés. Tu peux peut-être m'aider.

—Moi ?

—Je connais ta perspicacité. Le moindre indice peut m'être utile.

Le retour inopiné de Marthe interrompit leur conversation. Laurent se disposait à échapper à une nouvelle vague de faits divers quand Léo se leva :

—Attendez-moi !

—Où vas-tu ? lui cria sa grand-mère.

Il ne répondit pas. Le matin, de bonne heure, avant de partir au collège, Angélica lui avait remis le dossier de Lucie. Celui-ci contenait des photographies, des courriers, un certain nombre de CD, une clé USB. La jeune fille lui avait décrit ce contenu : les lettres et les documents étaient rédigés dans une langue étrangère. Quant aux disques, ils étaient inaudibles. Laurent saurait peut-être décrypter ces divers éléments.

Il redescendit avec l'étui de cuir volumineux.

—Qu'est-ce que tu nous apportes ? demanda Marthe avec curiosité.

La sonnerie du téléphone le dispensa de répondre. L'appareil se trouvait dans la véranda, de l'autre côté de la villa.

—Allô ? C'est toi, Margot ?

Les deux amies en avaient pour trois quarts d'heure, au moins. Léo s'empressa de confier le dossier au policier. Dans sa hâte, il trébucha. Une main robuste le rattrapa.

—C'était à ton père ?

—Je ne crois pas. Il appartenait à Pierre Meyer, le mari de Lucie, dont je vous ai parlé.

—Celle qui t'a annoncé la mort de Julien Langlois ?

—Il doit contenir les informations que vous recherchez. Pierre était peut-être un espion, lui aussi. En tout cas, ils travaillaient ensemble.

—Meyer... Pierre Meyer, j'ai déjà entendu ce nom, il me semble.

—Il est mort peu après la disparition de mon père. Il s'est noyé au nord de la Bretagne. Si ça se trouve, on l'a éliminé. Son voilier a chaviré. Or, Lucie a précisé que la mer était calme et que Pierre était un bon navigateur.

—Ne te laisse pas entraîner par ton imagination, dit Laurent en riant. Je te promets d'examiner ces documents. Décidément, tu es un garçon précieux.

—Ils sont codés, je crois. Vous me direz ce qu'ils signifient.

—Bien entendu. Je vais les confier à des hommes sûrs qui sauront les déchiffrer et rester discrets. En attendant, promets-moi d'être prudent. Cette Lucie, où l'as-tu rencontrée ? Mes hommes ne m'ont pas signalé sa visite.

—J'ai fait le mur, plaisanta Léo.

—C'est malin ! gronda le policier.

—Nous n'étions pas loin d'ici, au bord de la Marne.

—Pas loin ! En déjouant notre surveillance, tu t'es mis en danger. J'ai fait savoir officieusement à Decker que je le tiendrais pour responsable de ce qui pourrait t'arriver. Il a compris que je ne plaisantais pas, mais avec ces gens-là, on ne sait jamais. Tant que je ne saurai pas pourquoi ils se sont attaqués à toi, même si j'en ai une vague idée, tu devras rester sur tes gardes.

Il se leva. Dans la véranda, Marthe téléphonait toujours.

—Merci, dit Léo en tendant la main.

—Merci de quoi ? grogna Halphen.

—D'avoir ressuscité mon père.

Il avait retrouvé son humeur joyeuse.

Au moment de sortir du salon Laurent se ravisa :

—Pour Huerman, tu es bien sûr de n'avoir rien à me dire ?

—Non, malheureusement, soupira Léo.

Il avait remis ses lunettes ; elles l'aidaient à mentir.

—C'est étrange... murmura le lieutenant.

—Quoi donc ?

—J'aurais juré que tu avais quelque chose à m'apprendre !

L'aveugle caressa le porte-documents.

—La vérité, vous l'avez entre vos mains !

Chapitre 17
LYNX

ANGÉLICA SURGIT DANS SA CHAMBRE, hors d'haleine.

—Ils ont arrêté le banquier !

Léo leva une main fataliste :

—Hier, je sais.

—Et son épouse est en garde à vue.

—J'ai entendu les nouvelles. Je me console en songeant que je n'y suis pour rien.

—Le gamin n'a plus ses parents, c'est ce que tu craignais, et on dirait que ça te laisse indifférent !

—Indifférent, tu crois ? Ils se préparaient à partir à l'île Maurice. Là-bas, ils auraient recommencé leur vie. Une île, c'est merveilleux.

Il pensait à Gram, l'île bretonne où il se rendait avec ses parents.

—Tu es triste, c'est vrai ? murmura Angélica en posant une main légère sur son épaule.

—Pour Thierry, oui. Pas toi ?

—Si, bien sûr.

—Je devrais peut-être prévenir Verneuil.

—À quoi ça servirait ? dit-elle. Tu te souviens de ce qu'il a dit : ils n'échapperont pas à la prison.

Il nota l'accent mélancolique. Elle devait penser à son père, elle aussi. Manuel Sobrado était mort au Portugal, peu avant leur venue à Paris. Il imagina un personnage robuste et joyeux. Il portait sa fille sur ses épaules pendant leurs balades au bord de l'océan.

—J'ai reçu un drôle de message, dit-il pour dissiper ses idées sombres.

—Sur le Net ? Une énigme ?

Il acquiesça. Il avait résolu de garder le silence, mais il voulait lui faire plaisir, et il savait qu'elle ne répéterait à personne ce qu'il allait lui confier.

—*De Lynx à Shadow, récita-t-il de mémoire : dans la savane, les hautes herbes empêchent de distinguer le danger. Des fauves approchent, je les entends. Comment atteindre le point d'eau sans risquer de se faire dévorer ?*

—C'est tout ? s'exclama Angélica. C'est marrant comme énigme !

—Pas tellement.

—C'est un jeu, non ? Tu en reçois des milliers.

—Celui-là est particulier : Lynx est un mot qu'utilisait mon père. Quand j'étais petit, il me racontait des histoires d'animaux, j'adorais ça. Le lynx revenait souvent. On l'appelle le loup cervier parce qu'il dévore les cerfs. Or, dans son récit, il y avait un lynx qui était l'ami d'un cerf. Au lieu de l'attaquer, il le défendait contre les autres prédateurs.

—Tu crois que c'est ton père qui t'envoie ce message ?

—Il y a autre chose : quand il était au collège, il faisait partie d'une bande dont tous les membres portaient un nom d'animal. Devine quel était le sien ?

—Le lynx ?

—Exact.

—Alors, c'est bien lui ! C'est génial !

—Lui ou l'un de ceux qui le recherchent.

—Qui pourrait connaître son surnom ? Un camarade de classe ?

—Ou bien, alors, c'est un pur hasard. Il y a tout un zoo sur Internet. Il faut attendre.

—Attendre quoi ?

—D'autres messages, plus explicites... Pourtant j'ai l'impression que c'est en Afrique que je dois chercher.

—C'est immense, l'Afrique !

—Soixante-dix pays, mille ou deux mille langues. Mon père se cache là-bas, invisible, dans les déserts roux des savanes ou les océans verts de l'équateur. Les histoires qu'il me racontait quand j'étais môme se déroulaient dans ces décors. Mansura, Tahart, Kanouri, Tékélé, ces noms résonnent toujours à mes oreilles. Des noms bien réels...

Soudain, la voix du réveil le rappela à l'ordre.

—Zut ! Je suis en retard !

—Tu veux que je t'accompagne ?

—Mais toi ? Tu ne vas pas en classe ?

—Pas ce matin. Deux profs malades, une véritable épidémie !

—Je veux bien. Tu me diras...

—Quoi ? Qu'est-ce que tu veux savoir ?

Il ne répondit pas. Elle admira la précision avec laquelle il enfilait son blouson, fixait les bretelles de son sac sur ses épaules, prenait sa canne. Sur l'avenue, il marchait sans hésiter, avec une sorte d'élégance. « On dirait un prince en exil », songea-t-elle. Elle lui décrivait à mesure tout ce qu'ils rencontraient : les gens, les jardins, les autos.

—Tu te souviens de mon père ? demanda-t-il, soudain.

—Je ne l'ai pas bien connu, tu sais. Il était souvent absent. Je me rappelle un homme blond, grand. Sa voix grave et son air sévère m'intimidaient.

—Tu le reconnaîtrais, si tu le voyais ?

—Je crois.

—Tu crois !

Elle surprit sa réaction impatiente. Même s'il ne l'exprimait jamais, elle devinait ce qu'il avait en tête : « Tu as de la chance d'avoir des yeux et tu ne sais pas t'en servir ! »

—Si, bien sûr, je le reconnaîtrais, s'empressa-t-elle d'ajouter. Tiens, tes policiers ont changé. Et leur voiture est différente...

Il ne l'écoutait plus. Que lui importaient ses gardes du corps ? Une fois encore, Laurent ne répondait plus à ses appels. Malgré les services qu'il lui avait rendus, les mystères élucidés, la célébrité qu'il avait acquise grâce à lui, il le tenait à l'écart depuis deux semaines. L'arrestation des Huerman n'allait pas l'inciter à reprendre contact. Parfois, il imaginait le pire : son père était mort. Le lieutenant le savait et il ne voulait pas lui annoncer la nouvelle.

Ils approchaient de l'institut Herzog, qui ressemblait aux autres demeures élégantes de ce quartier résidentiel.

—J'aimerais visiter ton école, dit Angélica.

—Elle est pareille aux autres, tu sais.

C'était inexact : le sous-sol, en particulier, était équipé de toutes sortes d'appareils, comme un centre de recherche. Les aveugles y étaient soumis à des expériences à la manière de rats de laboratoire. L'image l'amusa. En réalité, l'institut était magnifique, et les profs passionnants.

—Pourquoi tu ris ? s'étonna la jeune fille.

—Parce que je suis heureux que tu m'aies accompagné.

Elle s'épanouit :

—C'est gentil, ça ! Je voudrais...

—Quoi ? Qu'est-ce que tu voudrais ?

—Être aussi géniale que toi.

—Génial, tu es sûre ? Hier, tu m'as dit que j'étais nul, si je me souviens bien.

—Tu me soutenais que Dean Costa grinçait comme un portail rouillé. Mon chanteur préféré !

—Je retire !

—Pas moi : tu es un génie.

Elle s'était sentie ridicule lorsqu'il avait voulu lui apprendre l'alphabet Braille. Pas capable de reconnaître une lettre. Il lui répétait : « Ferme les yeux, concentre-toi, la pulpe des doigts est une zone merveilleusement sensible ». Facile à dire...

Comme il se préparait à franchir les grilles de l'institut, elle se hissa sur la pointe des pieds et lui fit la bise. Ses lèvres étaient glacées.

—Tu aurais dû mettre ton manteau, dit-il avec sévérité. Prends mon blouson !

—Pas besoin, je vais me dépêcher.

Il l'entendit s'éloigner en courant. Il l'imagina leste et souple comme une chatte, une autre sorte de félin.

La sonnerie de l'école le rappela à l'ordre. Deux heures de littérature : Baudelaire, Verlaine, ses poètes préférés. Une musique autrement inspirée que celle de Dean Costa, n'en déplaise à mademoiselle Sobrado.

LA TRAHISON

LE PLANTON LE RECONNUT.

—Le lieutenant vous attend. Vous connaissez son bureau. Voulez-vous qu'on vous escorte ?

Une escorte, comme pour les personnalités !

—Je vais l'accompagner.

Ce n'était pas Meg, cette fois.

—Grand-mère ? Qu'est-ce que tu fais ici ?

—Je pourrais te poser la même question. Heureusement, monsieur Halphen m'a prévenue. Toi, tu ne m'as rien dit, comme toujours.

—Mieux vaut se taire que mentir, non ? répliqua Léo.

—Tu as raison, admit Marthe avec bonne humeur.

Il repoussa la main qui voulait le guider.

—C'est vrai, dit la vieille dame, tu connais les lieux. Combien de fois es-tu venu ici sans moi ?

Léo éluda la question.

—J'ai rendez-vous avec Laurent.

—Moi aussi.

La présence inattendue de sa grand-mère l'avait indisposé. Soudain, elle lui donna de l'espoir.

—Il va nous parler de papa ? C'est pour ça qu'il nous a convoqués ensemble ?

—Ton père, non, je ne crois pas.

—Alors, pourquoi on est là ?

—Le lieutenant m'a parlé d'une surprise.

—Je ne suis pas sûr de rester, grommela-t-il.

—Tu n'as pas fait de bêtises, au moins ?

—Non, j'ai juste mis le feu à un commissariat, dit-il à haute voix.

—Ah bon, tu me rassures, lança la vieille dame en retrouvant son sens de l'humour.

Ils étaient arrivés devant le bureau du lieutenant. Marthe se disposait à frapper à la porte lorsque Laurent surgit.

—Entrez, installez-vous.

—Pourquoi on est là ? demanda Léo d'un ton rogue.

—Je vais vous présenter quelqu'un qui est impatient de faire votre connaissance. Accordez-moi quelques instants.

Marthe s'assit. Léo, lui, arpenta le bureau en heurtant la

table, les classeurs et les chaises avec sa canne.

—Tu es bien nerveux ! constata la vieille dame.

Léo haussa les épaules. Il s'était confié à Laurent. À présent, il le regrettait. Il ne savait expliquer pourquoi, mais il avait un mauvais pressentiment. Il allait quitter les lieux quand le lieutenant revint accompagné d'une femme à la voix rauque. « Cassée par le tabac », se dit Léo :

—Voilà donc notre enquêteur.

—Je vous présente Ava Gold, une amie, elle appartient à la DGSE et va nous aider à retrouver ton père, dit Halphen.

La main de l'inconnue, douce et glacée, contrastait avec sa voix qui ne manquait pas de charme. « Un serpent », songea Léo avec une répugnance instinctive.

—Quatre affaires résolues en deux mois, grâce à ce garçon, commenta la femme.

« Quatre, Laurent exagère, pensa le jeune aveugle. Et pourquoi le crier sur les toits après m'avoir garanti l'anonymat ? »

—Il est célèbre, tu sais, insista Laurent. Sur Internet, il fait fureur. Shadow, c'est le nom de son site.

—Cha quoi ? dit Ava.

—Shadow, murmura Léo de mauvaise grâce.

—Comment dis-tu ?

—Shadow ! L'ombre !

Léo le hurla. Elle était sourde, ma parole !

—Shadow, c'est cela, répéta la femme.

—Mon petit-fils est très intelligent, lança Marthe avec une fierté qui écœura Léo.

—Dites plutôt qu'il est génial, rectifia Ava de sa voix enrouée. Ce garçon est digne de son grand-père. Moi, ce qui me stupéfie le plus est l'affaire Huerman. Le banquier a fait preuve d'une habileté diabolique. Cette cachette invisible dans son véhicule ! Les spécialistes ont dû démonter entièrement l'auto pour découvrir la rançon. Même les trafiquants de drogue ne sont pas aussi ingénieux. Il a fallu l'extraordinaire perspicacité de votre petit-fils pour confondre le coupable.

—Ma perspicacité ? s'écria Léo en blêmissant. Vous rêvez : je n'y suis pour rien !

—Pourquoi tant de modestie ? ironisa la femme. D'après Laurent, c'est toi qui as découvert le mystère, ce double fond... Huerman a mis deux ans pour le mettre au point, et toi, en quelques instants...

—Comment l'avez-vous appris ? se révolta Léo. Vous avez placé des micros dans notre villa ?

—Tu lis trop de séries d'espionnage, plaisanta la femme.

—Comme si vous n'étiez pas capables de trahison !

—Léo, voyons ! le réprimanda Marthe.

—Toi, ne te mêle pas de ça, s'il te plaît... À moins que tu

n'aies renseigné toi-même ces gens-là, ajouta-t-il, soupçonneux.

—Tu dépasses les bornes ! gronda Halphen en saisissant le
bras de l'aveugle et en le forçant à s'asseoir. Ta grand-mère
n'était pas au courant. Si tu veux le savoir, ce sont tes chers
amis, les zorros d'Aulnay, qui nous ont renseignés.

—Vous mentez ! Je ne vous crois pas ! hurla Léo.

—La fille s'appelle Jasmine. Son petit copain, Rob, allait
plonger pour un casse minable. C'était sa quatrième condam-
nation. Elle est venue spontanément nous proposer un marché : on passait l'éponge sur le cambriolage. En échange, elle
nous indiquait les noms des ravisseurs du petit Thierry. C'est
ainsi que nous avons appris que tu avais résolu le problème.
D'abord, elle a refusé de citer ton nom. Mais quand elle nous
a expliqué le système ingénieux mis au point par Huerman,
j'ai compris d'où venait la révélation.

—Jasmine, c'est impossible... murmura Léo effondré.

—Je ne comprends pas très bien ton attitude, dit Ava avec
une soudaine sévérité. Tu ne voulais pas dénoncer le coupable ?

—Si, bien sûr, intervint Laurent. Je connais Léo : il attendait le moment favorable.

—Je pensais avant tout au petit Thierry, répliqua le jeune
garçon. Si ses parents sont condamnés, il sera abandonné.

Vous ne savez pas ce que cela signifie. Moi, si.

—Vous ne voudriez pas que la police ferme les yeux sur un enlèvement d'enfant ?

—Un enlèvement, vraiment ? Et puis qu'est-ce que six cent mille euros pour une banque internationale ou une compagnie d'assurances ?

—Raisonnement d'enfant ! dit Ava. J'ai tout de même une bonne nouvelle. Six cent mille euros ne sont rien, disais-tu. La compagnie va vous verser dix pour cent de cette somme : soixante mille euros, le montant de la prime. Eh bien, qu'en dis-tu ?

—Je ne veux pas de cet argent ! s'emporta Léo. J'aurais honte d'y toucher.

—Ta grand-mère est peut-être d'un autre avis, fit remarquer Laurent. Je connais sa situation : elle n'a que la retraite de son mari pour vivre et entretenir votre maison depuis la disparition de ton père, et tu es à sa charge.

Léo haussa les épaules :

—Si elle désire ce fric, c'est son affaire, pas la mienne !

—Je ferai ce que tu voudras, dit Marthe d'un ton affectueux.

—Pourquoi ne pas le donner à Jasmine ? suggéra Léo d'un ton amer. Elle l'a bien gagné.

—Je n'irai pas jusqu'à récompenser un délinquant, rétorqua Laurent. J'estime avoir été généreux en libérant son ami, un voleur.

—Tu devrais mieux choisir tes relations, soupira Marthe d'un ton de reproche.

—Pas des livreurs de pizzas, c'est ce que tu veux dire ?

—Pas des malfaiteurs obligés de te trahir pour échapper à la justice.

—Des gens parfaits, incapables de mentir, comme toi, c'est ça ? résuma Léo.

Il s'adressa à Laurent :

—À propos de franchise, avez-vous annoncé à ma grand-mère que mon père était vivant ? Elle se fait tant de souci pour lui !

—Je m'en fais surtout pour toi, murmura Marthe.

Il sentit qu'elle était bouleversée, et il eut honte de sa dureté.

—Viens, allons-nous en, dit-il en lui tendant la main.

Elle la saisit.

—Tu es en colère, lança le lieutenant. Nous reprendrons cette conversation lorsque tu auras réfléchi. Sache que nous mettons tout en œuvre pour retrouver ton père. Ava est notre alliée au sein de la direction des opérations. Elle est en train d'analyser les documents que tu m'as remis. Elle prend des risques en nous aidant. Si tu retrouves ton père, ce sera grâce à elle.

Léo inclina la tête :

—Je vous remercie.

Il se sentait désorienté comme le jour où, perdu dans ses pensées, quelques années auparavant, il s'était trompé de rue et avait dû demander de l'aide pour regagner sa maison.

Chapitre 19
GALÈRE

LÉO CARESSA LE PETIT OBJET LISSE, arrondi, et donna sa langue au chat :

—Qu'est-ce que c'est ?

—Une clé, dit Angélica. Une clé USB pour ton ordinateur.

—Tu dis qu'on te l'a donnée ? Qui ça ?

—Un gamin, à la sortie de l'école. Il m'a précisé : « Pour Léo ».

—Pour Léo, c'est tout ?

—C'est tout, oui.

—Tu le connais, ce gamin ?

Elle secoua la tête :

—Je ne l'avais jamais vu. Je n'ai pas eu le temps de le questionner : il a disparu tout de suite.

—Ce doit être un message. Mais pourquoi une clé ?

Au même instant, Marthe rejoignit les jeunes gens dans la véranda :

—Le dîner est servi !

Léo agita la main sans se retourner :

—Pas tout de suite, s'il te plaît : j'ai un travail à terminer.

—Un travail, bougonna la vieille dame. Tu pouvais le faire avant... Toi, Angélica, tu arrives toujours au mauvais moment.

—Elle pourra dîner avec nous...

Il serra la main de la jeune fille d'un geste complice.

—Ma grand-mère a fait des pâtes au four, avec du fromage italien, tu verras, c'est délicieux !

—C'est bon, capitula Marthe. Je mets le plat à réchauffer, mais ne tardez pas, sinon, il va brûler !

Les adolescents se précipitaient déjà dans l'escalier. À mi-palier, Léo trébucha. Angélica le retint. Un bref instant, ils s'enlacèrent. Marthe hocha la tête et sourit : « Des larrons en foire ! »

—Shadow !

L'ordinateur obéit à la voix de son maître. La main de Léo tremblait tellement qu'il n'arrivait pas à introduire la clé. Angélica effectua l'opération à sa place.

—Un message sonore, souffla-t-elle.

Une voix s'éleva : *Après-demain, dix heures, sur le banc des galères. Sois prudent.*

Les jambes coupées par l'émotion, Léo se laissa tomber sur son fauteuil qui roula en arrière. Une fois encore, Angélica le serra dans ses bras.

—C'est lui ?

Le visage de Léo lui donna la réponse : un masque de joie et de souffrance. Il tâtonna pour écouter une nouvelle fois le message. Elle s'alarma :

—Tu es bien sûr ? Si c'était un piège ?

Il secoua la tête avec une sorte de fureur :

—Tu ne comprends pas : il est vivant, vivant !

—Le banc des galères ?

—Un banc de bois, dans le jardin exotique, derrière le parc Saint-Jean. Il y a une petite rotonde cachée dans les buissons. Il m'amenait là-bas et me racontait des histoires de pirates. Je finissais par entendre le vent dans les voiles et le craquement des mâts, et les plaintes des galériens. Puis il y avait une révolte. Les pirates s'emparaient du navire...

—Il nous recommande d'être prudents.

—Il ME recommande, corrigea-t-il.

—Tu ne veux pas que je t'accompagne ?

—C'est trop dangereux.

—Il m'a choisie. C'est à moi qu'il a donné la clé. Il sait que je suis ton amie.

—Il veille sur nous... Mais cette clé... Pourquoi il n'a pas envoyé un message sur Internet comme celui du lynx ?

—On peut pirater Internet, non ?

Ils restèrent silencieux, pensifs, puis Angélica demanda timidement :

—Comment tu vas faire pour aller là-bas, pour le reconnaître ?

—Sa voix, Angélica, sa voix. Je ne peux pas me tromper.

—Tu peux te tromper de chemin.

—Je vais demander à Idriss et aux autres. Ils surveilleront le parc.

—Et si...

—Ils ne me trahiront pas, pas cette fois !

Il ôta ses lunettes et essuya la sueur qui se mêlait à ses larmes.

—Tu penses à Jasmine ? Tu ne l'as jamais aimée !

—Elle t'a dénoncé une fois, dit-elle avec rancune.

—Elle ne recommencera plus. Et j'ai besoin d'eux. Mon père prend des risques. On le traque...

—D'accord, capitula-t-elle.

Elle le connaissait : quand il était dans cet état, il était inutile d'essayer de le raisonner !

—Après-demain, on sera jeudi, fit-elle encore remarquer. Si tu ne vas pas en classe, l'institut téléphonera à ta grand-mère. Elle va s'inquiéter. Elle risque de prévenir la police.

—Alors tu les appelleras vers huit heures pour les avertir que je suis malade. Une méchante grippe !

—Je ne sais pas mentir.

—Menteuse !

Il explosa de rire. Le bonheur l'étouffait. Il avait envie de danser, de hurler. Puis il se calma.

—Je me demande s'il a changé, murmura-t-il.

—Tu vois, tu as besoin de moi.

Il sourit :

—C'est vrai ! Comment tu es habillée ?

Sa question la surprit. Vexée d'être tenue à l'écart, elle faillit répondre que ça ne le regardait pas. Elle se contenta de pincer les lèvres. Il s'impatienta :

—Comment ?

—Une robe violette, un col de dentelle et une grosse ceinture d'argent.

—Horrible ! grogna-t-il.

Il renifla :

—Pour une fille qui ne sait pas mentir !

En bas, Marthe les appelait : le dîner ! Angélica fit la grimace :

—Je n'aime pas le gratin !

—Double portion, ça t'apprendra ! décréta-t-il.

Dans l'escalier, elle chuchota :

—Un pantalon de velours et mon pull bleu en cachemire.

—Tu es ravissante !

—Qu'est-ce que tu en sais ? soupira-t-elle.

Il s'immobilisa.

—Je pourrais te répondre que Lucie me l'a dit, et aussi Rahim qui est dingue de toi. Mais j'ai d'autres preuves : ta manière de bouger, de rire, de parler… Les filles trahissent leur beauté sans le savoir.

Elle eut un rire léger :

—J'avais oublié que tu étais magicien.

—Magicien, non : amoureux.

C'était la première fois qu'il lui avouait son amour. Jusquelà, il était trop timide, ou trop fier, à cause de son handicap.

Au seuil de la salle à manger, elle l'entendit assurer d'une voix joyeuse :

—Angélica adore les pâtes au four !

Traître !

6 juin. Ils ont tout inspecté : le jardin, les allées, les entrées du côté du parc et de l'avenue. Idriss et Gus ont sillonné le quartier sur leurs motos, jusqu'au périph'. Gerd a mis au point son matériel d'écoute. Tanya s'est chargée de distraire mes gardes du corps. Jasmine me conduira jusqu'au banc. Gus, Jo, Stan et Rahim surveilleront les accès. Une mobilisation générale ! J'ai prétendu que j'avais rendez-vous avec un personnage mystérieux. Mais ce n'était pas la peine de leur faire un dessin : ils ont deviné qu'il s'agissait de mon père. « Encore un de tes flics pourris ! » a ricané Idriss. J'ai répondu : « C'est vous, les amis des flics, non ? » et je me suis maudit aussitôt. Il y a eu un long silence. J'imaginais l'expression coupable de Jasmine, les yeux des autres tournés vers elle. Je me suis empressé d'ajouter : « Je ne sais pas ce que je ferais sans vous. » Nous étions dans le jardin. Il faisait froid. Marthe nous distribuait des boissons chaudes, comme à des soldats prêts à monter au front. Elle évitait de nous poser des questions. Que sait-elle, au juste ? Angélica ne disait pas un mot, elle aussi. Elle boude. Ne lui suffit-elle pas de savoir que je l'aime ? Hier, elle m'a embrassé pour la première fois. Je me demande si les filles font toujours le premier pas. Est-ce qu'on peut aimer par compassion ? Moi qui sais si bien lire dans les pensées des autres, je suis incapable de déchiffrer les siennes. Il faut que je remette cette énigme à plus tard. Le retour de mon père est tout ce qui importe. Quatorze heures encore.

Chapitre 20
LE PIÈGE

JASMINE L'AVAIT CONDUIT JUSQU'AU BANC, puis abandonné, comme prévu. Un vent glacé, chargé de bois brûlé et
de terre, agitait le bosquet dont les buis isolaient la rotonde
du jardin Saint-Jean. À travers son pantalon de velours, Léo
sentait la pierre humide. Depuis quand était-il là ? Vingt minutes ? Une demi-heure ? Ses mains tremblaient de froid et
d'impatience. S'il ne venait pas ? De toutes ses forces, il chassait cette pensée. Il allait venir, il fallait qu'il vienne ! Idriss et
les autres guettaient son arrivée. Il regretta de les avoir mobi-
lisés. En remarquant leur présence, son père risquait de s'inquiéter. « Sois prudent », avait-il recommandé. Les hommes
des services secrets devaient le traquer.

Léo écoutait, le jardin, la forêt, les rues plus lointaines. Le
moindre bruit l'alertait : le froissement des feuilles, le craque-

ment des branches mortes, les pas. Les promeneurs étaient rares. Ils approchaient, s'arrêtaient, s'éloignaient. Chaque fois, Léo avait du mal à maîtriser les battements de son cœur. Le temps passait. Le vent s'était arrêté. Le jardin était désert. Et soudain, les buissons s'agitèrent. Quelqu'un s'installa sur le banc. Des bras l'enlacèrent. Il sentit une barbe dure, une odeur de tabac. Ce n'était pas lui.

—Bonjour, Léo.

—Qui êtes-vous ?

—Un ami de ton père. Tu peux m'appeler Fred.

—Pourquoi n'est-il pas venu lui-même ? demanda-t-il, soupçonneux.

—La police est au courant de votre rendez-vous. Ce jardin est un piège. Nous avons peu de temps. Écoute-moi, j'ai un message à te transmettre.

—Pourquoi je vous ferais confiance ?

—Tu te souviens de cet endroit ?

—Oui.

—John Hachman, le pirate, la terreur des Caraïbes, la révolte des galériens... La tempête. Il y avait du vent, tu te croyais en pleine mer...

—Le galion...

—*Le prince de Castille*, vingt pièces de huit. Tu es seul à connaître cette histoire. Seul avec celui qui te l'a racontée.

Il voulait que tu aies une preuve. Ceux qui nous espionnent doivent croire que je suis ton père.

—D'accord, soupira Léo sans pouvoir dissimuler sa déception.

—Voici ce que j'ai à te dire : quand ta mère est morte, Julien se trouvait en Afrique contre sa volonté. Il a commis des erreurs, comme bien d'autres, et les a payées cher. Il ne veut pas que tu penses qu'il vous a abandonnés.

—C'est pourtant ce qu'il a fait.

Ses larmes coulaient maintenant et il ne faisait rien pour les essuyer.

—Il est là ? balbutia-t-il.

—Ici, non, mais pas très loin.

—Pourquoi il ne m'appelle pas ?

—Tu le sais bien.

—Pour me protéger ?

—Exact. Sa vie est difficile, mais Julien est un dur. Ses ennemis sont dangereux. Ce rendez-vous était un test. Ceux qui le traquent ont appris qu'il allait te rencontrer. Heureusement, il a encore des amis fidèles.

—Vous ?

—Moi et d'autres. Tu te souviens de Gram ?

—Je crois.

—Il y a une maison, tu dois t'en souvenir. Tu demanderas à

ta grand-mère de te conduire là-bas.

—Elle ne voudra jamais.

—C'est là qu'il te retrouvera le moment venu. En attendant, tu ne dois faire confiance à personne, surtout pas à la police. C'est elle qui t'a trahi.

—Pourquoi mon père est en fuite ? demanda Léo.

—C'est une longue histoire, gronda Fred. Ton père a accompli plusieurs missions secrètes pour le gouvernement. La dernière s'est mal terminée. On cherche à lui faire endosser la responsabilité de cet échec alors qu'il est la victime d'un complot. Tu as rencontré la femme de Pierre Meyer.

—Lucie, oui, elle m'a confié un dossier. Je l'ai remis à la police. J'ai commis une erreur, n'est-ce pas ? Je ne pouvais pas savoir, ajouta-t-il d'un ton désolé.

—Tu as bien fait, au contraire. Les preuves qui innocentent ton père sont en lieu sûr.

—Comment je peux aider mon père ?

—Tu es en train de le faire.

—Maintenant ?

—Nous allons démasquer les traîtres.

Au même moment, ils entendirent des sirènes et des coups de sifflets. Presque aussitôt, Idriss jaillit dans la rotonde.

—On s'arrache, commandant ! Les keufs, ils déboulent de partout !

Fred se pencha à l'oreille de Léo :

—Gram, n'oublie pas !

Les buissons s'agitèrent. L'instant d'après, ils n'étaient plus là. Des hommes couraient de tous les côtés. Léo perçut des appels, des coups de sifflets, des aboiements de chiens, toute une meute ! Seul, effrayé, il se mit à prier. Puis une main prit la sienne :

—Viens !

Jasmine ! La jeune Kabyle l'entraîna hors de la rotonde. Tout en marchant, elle lui décrivait à voix basse ce qu'elle voyait : les policiers en civil, les chiens, les gyrophares au-delà des grilles du parc... Personne ne les arrêtait.

—Quelques mètres encore, annonça-t-elle.

Ils atteignaient la sortie quand des cris retentirent :

—On le tient !

—Ne le lâchez pas !

—Par ici !

Pris de soupçons, Léo lâcha la main de Jasmine : si elle l'avait trahi une fois encore ? Mais elle s'agrippa à lui de toutes ses forces :

—Ce n'est pas lui, Léo. On les a enfumés, ces tarés ! Voilà Gus. Tout va bien.

L'Espagnol aida l'aveugle à enfourcher sa moto, puis il démarra en trombe. Un peu plus loin, il se mit à hurler :

—Tu as de la chance !

—Tu trouves ? cria Léo.

—Sacré mec, ton père !

« De la chance, songea Léo avec tristesse. D'abord, ce n'est pas mon père, et puis je préfèrerais être le fils d'un marchand de tableaux, mener une vie sans histoire. » Il ferma les yeux. C'était faux : il aimait cette aventure qui l'emportait à la vitesse de la Yamaha YZR.

Chapitre 21

INQUISITION

—QUAND LA POLICE T'A-T-ELLE CONVOQUÉ ? demanda maître Verneuil.

—Hier, répondit Léo.

—Ta grand-mère est au courant ?

—Non.

—Curieuse façon de procéder, dit l'avocat d'un ton sévère. Tu es mineur et tu n'as commis aucun délit. Tu as eu raison de m'appeler. Ce monsieur Halphen collectionne les abus d'autorité. Je vais mettre les choses au point, ne t'inquiète pas.

—Je ne suis pas inquiet.

Le jeune garçon ne vit pas le sourire approbateur de l'avocat. Il repassait mentalement tout ce qu'il allait dire au policier. Accuser sans se laisser emporter par la colère...

Un homme vint les chercher pour les conduire dans le bureau du lieutenant.

—Léo, merci d'être venu !

La voix de Laurent était trop joviale pour être sincère.

—Ce monsieur est avec toi ? C'est bien… Monsieur ?

—Richard Verneuil, avocat à la cour.

Le policier jugea bon de s'esclaffer :

—Ce n'est pas un interrogatoire, vous savez. Tu es ici en qualité de témoin et d'ami.

—Ami, vraiment ? ironisa Léo en prenant place sur l'une des chaises de bois qu'il avait appris à reconnaître.

Laurent s'adressa à l'avocat :

—Léo nous a beaucoup aidés. C'est un esprit brillant, malgré…

—Son infirmité ?

—Son jeune âge. L'affaire des orphelins de Guinée, c'est lui. L'affaire Huerman aussi…

—Et c'est pour me remercier, sans doute, que vous m'avez tendu un piège ? railla Léo.

—Un piège, tu y vas un peu fort, répliqua le lieutenant. Nous voulions interroger ton père.

—C'est pour le questionner que vous avez mobilisé une armée ?

—Et que vous avez convoqué mon client, un jeune homme de quinze ans ? enchaîna l'avocat.

—Ce n'est pas aussi simple, soupira le lieutenant.

—Vous deviez m'aider, me protéger, le protéger, lui. J'avais confiance en vous. Vous m'avez trahi ! s'emporta Léo.

Verneuil posa la main sur son bras pour l'apaiser.

—Comment avez-vous su pour le jardin Saint-Jean ? demanda Léo d'une voix sourde.

—C'est mon métier d'être informé.

—Et de mentir ?

—Ton père a de graves problèmes, confia le policier. On l'accuse d'avoir joué double jeu, détourné des sommes considérables et provoqué la mort de plusieurs personnes. Tu parlais de trahison. C'est à lui que s'adresse cette accusation.

—C'est faux ! cria Léo.

Emporté par l'indignation, il se dressa, perdit l'équilibre, tomba sur le bureau du policier et se retrouva à genoux. Il s'accrocha au meuble tandis que Verneuil l'aidait à se relever.

—Mon père n'est pas un traître, reprit-il d'une voix altérée. C'est un héros, je le sais. Tous ceux qui ont combattu avec lui vous le diront. Vous deviez l'aider. Je me demande pourquoi vous l'accusez, pour quel profit.

—Je fais mon devoir, répliqua Halphen avec dignité. Je n'ai pas à me justifier...

—Si, justement, intervint Verneuil. Ce devoir, vous le faites mal.

Le policier pointa son index menaçant sur l'avocat :

—Je ne vous permets pas…

—Perquisition illégale, vol de documents confidentiels… J'ai ici matière à vous faire révoquer.

Halphen haussa les épaules :

—Plaisanterie !

—Vraiment !

Verneuil déposa un disque sur le bureau du policier.

—Figurez-vous, monsieur, que l'ordinateur de mon client est d'un genre un peu particulier. Vous connaissez une partie de ses capacités, pas toutes, pour votre malheur. Il obéit à sa voix, cela vous le saviez, mais vous ignoriez le reste. Votre collaboratrice, Madame Gold…

—Ava Gold, précisa Léo.

—Ce n'est pas ma collaboratrice, riposta Laurent.

—Madame Ava Gold a enregistré son nom de code : Shadow, avec sa propre voix, poursuivit l'avocat. Je ne sais comment…

—Moi, je le sais ! s'écria Léo. Lors de ma dernière visite, elle m'a fait répéter le nom. On aurait dit qu'elle était sourde ! Ça m'a paru anormal ! En fait, elle a enregistré le code.

—Bref, dit l'avocat. Elle a réussi à le mettre en marche et à pirater son contenu. Mais cette machine a une autre fonction : elle filme celui qui l'utilise. Double sécurité. J'ai donc ici un documentaire édifiant…

Il tapota le disque :

—Il démontre qu'avant-hier, à seize heures zéro sept, votre collaboratrice s'est introduite au domicile de mon client...

—Je n'étais pas au courant... murmura le lieutenant.

Au son de sa voix, Léo sut qu'il disait la vérité.

—Sous divers prétextes, madame Gold est entrée dans la chambre de mon client sans mandat, sans autorisation. Elle a introduit une clé dans l'ordinateur pour subtiliser ses données, en particulier l'information concernant le rendez-vous de Saint-Jean.

—Je vous prie de m'excuser, l'interrompit le lieutenant.

Il sortit du bureau et revint, quelques minutes plus tard, en compagnie d'Ava Gold.

—Voici Maître Verneuil, présenta-t-il. Il semble qu'il se soit produit des irrégularités dans notre enquête.

La femme eut un rire sans joie :

—Des irrégularités, vraiment ?

—Capables de vous conduire devant les tribunaux, dit l'avocat.

—Cette enquête est une priorité nationale. Elle exige l'emploi de méthodes extraordinaires...

—Illégales ! l'interrompit l'avocat. Monsieur Julien Langlois n'est pas inculpé. Vous, Madame Gold, vous risquez de l'être si je saisis la justice. Je le ferai, n'en doutez pas.

Il poussa le disque vers le lieutenant :

—Je vous laisse méditer sur ces images.

—J'exécute les ordres de mes supérieurs, dit Ava de sa voix rauque.

—Je ne veux pas le savoir, répliqua l'avocat. Exercez votre métier comme vous l'entendez, même si votre conscience vous critique et la justice vous réclame des comptes. Mais je vous mets en garde : laissez dorénavant mon client en dehors de vos intrigues. Dans le cas contraire, j'organiserai une conférence de presse et, en regard de la personnalité de Léo, je peux vous garantir que votre hiérarchie ne fera pas un geste pour vous soutenir. Vous serez bien seule, Madame.

—C'est une affaire très grave, Maître, dit Ava avec une douceur menaçante.

—Je ne vous le fais pas dire !

—Je parle de trahison.

—Moi aussi.

—Vous défendez une cause perdue.

—J'allais vous rétorquer la même chose. La vérité a des pouvoirs insoupçonnables !

—Je vous plains, lieutenant, dit Léo en se levant.

—Je regrette la tournure prise par cette affaire, soupira Laurent. Mais je te rappelle que j'ai enquêté à ta demande.

—Enquêté, pas harcelé !

« Comment ai-je pu me laisser prendre à ses démonstrations d'amitié ? pensa-t-il avec tristesse. Cette femme n'aurait pas eu l'idée d'enregistrer ma voix s'il ne lui avait pas expliqué le fonctionnement de ma *Black Voice*. »

En sortant de l'hôtel de police, il fut pris de vertige et s'accrocha au bras de Verneuil.

—Il ne t'ennuiera plus, certifia l'avocat.

—Moi, non, peut-être, mais mon père...

—Je m'occupe de ton père. J'attends cette occasion depuis des années. Je ne sais pas si je te l'ai dit, mais, autrefois, Julien m'a rendu de grands services. J'ai hâte de rembourser ma dette. Il a dû rester dans l'ombre. À présent, le temps du silence et des négociations est fini. Nous allons passer à l'offensive.

Léo nota de la jubilation dans les propos de son défenseur. Il en fut réconforté après l'épreuve qu'il venait de subir.

Chapitre 22

VOIX SANS ISSUE

GERD AVAIT GARÉ SA FOURGONNETTE à quelques mètres de l'immeuble, sous le panneau tricolore de l'hôtel de police. L'antique véhicule avait connu plusieurs générations de propriétaires, dont les enseignes émergeaient par endroits des couches de peinture successives.

—Tu vas voyager dans cette épave, tu es sûr ? s'inquiéta l'avocat.

—Le moteur est en bon état, assura Léo en riant.

—Si tu le dis...

Verneuil guida son jeune client jusqu'à l'engin, puis, se penchant sur l'habitacle, il constata :

—Personne au volant.

—Il doit être dans son atelier.

—Quel atelier ?

Léo tâtonna le long de la carrosserie jusqu'aux portes arrière. Là, il frappa trois coups brefs, suivis d'un coup appuyé. Gerd ouvrit aussitôt.

—Bien passé ? demanda-t-il avec un rire muet.

L'avocat lança un coup d'œil réprobateur à l'atelier roulant équipé de matériel d'enregistrement dernier cri.

—Je ne veux pas savoir ce que vous trafiquez là-dedans !

—J'enregistre les oiseaux, monsieur, dit Gerd avec un air de dignité blessée. Les ornithologues s'arrachent mes chants de migrateurs.

—Bel endroit pour étudier les mouettes ! ricana Verneuil en s'éloignant.

—C'est lui, l'avocat ? grogna Gerd. On dirait un marchand de saucisses.

Léo secoua la tête :

—C'est l'un des maîtres du barreau, il est redoutable. Laisse-moi entrer, on va se faire repérer.

Des lampes bleues éclairaient l'intérieur du fourgon. Léo s'embroncha dans un réseau de fils électriques, se retint à une console.

—Mollo, brutus ! râla Gerd.

Il le guida vers un tabouret vissé au sol.

—Reste-là, mets les écouteurs... Sur les oreilles, de préférence. Tu captes ?

L'aveugle perçut des bribes de conversations et chuchota :

—C'est Halphen.

—Ton flic pourri, oui. Raconte : comment tu t'y es pris ?

—J'ai fait semblant de tomber au pied de son bureau. Là, j'ai collé le micro sous la tablette, comme tu me l'as indiqué.

—Chapeau, mec ! Le mouchard fonctionne au poil.

—Il me faut les noms, dit Léo d'une voix fiévreuse. Je veux connaître ceux qui traquent mon père.

—Tu les auras. Ils sont en train de tout balancer. Écoute...

Léo perçut la voix de Laurent :

—Ce n'était pas ce que nous avions convenu !

—J'ai dû improviser, répliqua Ava.

—Je ne te le fais pas dire !

—Cette affaire nous dépasse tous les deux.

—C'est possible. Il n'empêche que tu aurais dû me tenir informé. Cette irruption chez les Travers, ces écoutes, ce piratage, tout ce gâchis...

—On dirait que tu découvres le métier, mon pauvre Laurent.

—Pas de ça avec moi ! s'emporta Halphen. Tu prétendais que Langlois avait accepté de se rendre.

—C'est vrai, mais ça fait des années qu'on le recherche et qu'il nous balade !

—L'homme que vous avez appréhendé ?

—Fabri ? Un ancien militaire.

—Que faisait-il là ?

—À ton avis ? Un leurre idéal, capitaine du troisième REP, couvert de décorations, et cousin de Chocart.

—Chocart, le ministre ?

—Le ministre, oui.

—Je ne comprends pas.

—C'est une affaire complexe, reconnut Ava.

Soudain, la conversation fut brouillée. Quelqu'un entra dans la pièce, puis Laurent et Ava reprirent leur dialogue :

—Qu'allez-vous faire de Langlois si vous le coincez ?

—Cela ne dépend pas de moi.

—De qui ?

Il y eut un silence, puis Ava demanda :

—Tu peux me laisser ton bureau ?

—Fais comme chez toi, dit Laurent d'un ton hargneux.

Une porte claqua. Puis Léo entendit l'écho assourdi d'une conversation téléphonique :

—*Roger Barbier ? Ici Kara. J'ai fait ce que vous m'avez demandé.*

—*Vraiment ? J'ai cru comprendre que vous l'aviez manqué. C'est regrettable !*

—*Il fallait m'impliquer davantage. Je le prenais pour un agent ordinaire…*

—*Un ex-agent ordinaire.*

—*Il a des appuis dans votre service. Votre enquête devrait commencer par là.*

—*Je vous remercie de vos conseils, Kara.*

La voix était teintée d'ironie et de mépris.

—*Dois-je poursuivre, monsieur ?*

—*Oui, mais avec discrétion. Cette affaire affecte l'ensemble du bureau et remonte jusqu'à Beaujeu. Elle complique nos rapports avec Mansour.*

—*Pourquoi ne pas laisser agir Mansour ?*

—*Mansour joue double jeu. Il tenait Langlois, il l'a libéré.*

—*Je pensais qu'il s'était évadé.*

—*C'est la version officielle. Elle fait partie de la tactique de Mansour. Le temps presse. Nous devons rencontrer Mansour. Personne n'est au courant, personne ne doit l'être. Il faut empêcher Langlois de prendre contact avec lui avant notre entrevue. Vous avez une semaine. Ne me décevez pas !*

Léo écarta les écouteurs :

—Amis, ennemis, je m'y perds.

—En tout cas, l'affaire est sérieuse : ce Barbier est inquiet et le ministre aussi, apparemment.

—Quel ministre ? Chocart ? Mon père est seul face à tout le gouvernement.

—Pourquoi, à ton avis ? demanda Gerd.

—C'est quelque chose qui s'est passé en Afrique, une mission dangereuse, un attentat, je ne sais pas. Je demanderai à Verneuil... J'ai servi d'appât depuis le début. Ils ont failli coincer mon père par ma faute, en m'espionnant. Mais c'est fini. Le gibier, à partir de maintenant, c'est Ava Gold. Nous, on est les chasseurs !

—Ils s'en vont, le coupa Gerd. On s'arrache, nous aussi. Je reprendrai ma planque demain avec un autre fourgon.

—Génial !

Gerd se glissa au volant et démarra sans se douter qu'une autre voiture quittait son stationnement et les prenait en filature.

Léo prit place derrière lui, penché sur la fenêtre ouverte sur la cabine. Il avait fondé de grands espoirs sur le piratage du téléphone de Laurent. Les enregistrements étaient compromettants. Il se demandait si Verneuil aurait le cran de les communiquer aux médias, comme il l'avait envisagé. Ava n'avait pas semblé troublée le moins du monde par la preuve de la perquisition illégale et du vol des documents. Le serait-elle par ces écoutes ? Ceux auxquels elle obéissait étaient puissants. Qu'avaient-ils promis à Laurent pour le transformer à ce point ? De l'argent ? Une promotion ? On l'avait acheté, de toute évidence. Ou bien ils s'étaient servis de lui. Il avait l'air sincère en prétendant ignorer la perquisition et la tentative d'arrestation. Par contre, il l'avait trompé dans l'affaire Huerman.

—Je me demande où il est..., soupira-t-il.

—Ton père ? cria Gerd à cause du bruit du moteur. Ne t'inquiète pas pour lui. Dans les forces spéciales, ils savent se fondre dans la nature et surgir au bon moment. Et en cas de coup dur, tu sais où nous trouver, mec.

« Je sais », pensa Léo avec émotion. Il tendait la main pour presser l'épaule de son ami lorsqu'un choc le projeta sur le côté. Sa tête heurta le flanc métallique. Une voiture avait percuté le fourgon sur le côté droit.

—Il est chtarbé, ce mec ! s'emporta Gerd.

Il sortit du véhicule en plein carrefour et s'avança menaçant vers la BMW qui venait de l'emboutir.

—Tu n'as pas vu les feux, tocard ?

—Et la priorité ?

Le conducteur de la voiture était élégant. Gerd le saisit au collet et le secoua. À cet instant, un autre homme, plus âgé, descendit de la BMW et s'interposa :

—Calmez-vous !

Léo descendit à son tour. En voyant sa canne blanche et son front entaillé, les esprits s'apaisèrent. Un agent de police s'approcha :

—Garez-vous sur le côté. Vous gênez la circulation.

Le policier conduisit Léo sur un banc avant de s'éloigner.

Le garçon perçut des bruits de moteur. Les conducteurs effectuaient un constat. Gerd grognait encore :

—Tu ne savais pas ? Qu'est-ce que tu ne savais pas ? Qu'il fallait un permis pour conduire ta caisse ?

—Le voici, mon permis.

Les autres étaient courtois. Le plus âgé s'approcha de Léo :

—Vous permettez ?

L'aveugle sentit la fraîcheur sur son front, une odeur d'alcool, puis le contact d'un pansement. L'homme avait dû aller dans une pharmacie.

—Ce n'est rien.

Dix minutes plus tard, Gerd ramena Léo dans le fourgon et le reconduisit chez lui.

—Ça va, ta tête ?

—Bien, et ta caisse ?

—Cabossée ! Elle en a l'habitude.

—C'est ça, l'aventure ! plaisanta Léo.

Il monta directement dans sa chambre pour éviter les questions de Marthe et rechercha aussitôt des informations sur le Darfour. Il s'intéressait à la situation politique du pays lorsqu'il reçut un appel de Gerd :

—Désolé, mec. Mes bandes ont disparu.

—Quelles bandes ?

—Mes enregistrements... Envolés, ratissés jusqu'au dernier. Mon ordinateur aussi.

—Comment c'est possible ? souffla Léo, consterné. Nous n'avons plus rien !

—La BMW, ce n'était pas un accident. Les salopards ont profité du constat pour pénétrer dans le fourgon.

—Ils étaient si gentils !

—Gentils, tu parles ! grommela Gerd. Des truands ! Je me suis fait avoir comme un blaireau !

—Ils nous avaient repérés.

—Probable ! J'ai le numéro de la bagnole...

—Tu veux que je porte plainte ? ironisa Léo. Remarque : les bandes sont inutiles. J'ai tout dans ma tête. Je me souviens des noms : Barbier, Chocart, Beaujeu, Mansour...

— J'ai vu que dalle ! râla Gerd.

« Moi aussi ! »

Les silhouettes dansaient sur le fond rouge. Le ronflement de l'incendie étouffait leurs cris. Des mains gantées brandissaient des torches. À leur contact, les rideaux et les tentures prenaient feu. Des pluies d'étincelles s'abattaient sur les fauteuils, les tapis, les gerbes de fleurs séchées.

—Brûlez tout !

Il reconnaissait la voix, sa joie méchante, sa frénésie. Il aurait voulu la supplier d'arrêter, mais, attaché à son lit, il était incapable de faire un mouvement. Ses lèvres dessinaient des hurlements muets. Les flammes léchaient les plafonds, tordaient les planchers. La fumée envahissait les chambres. Il songea : « Trop tard ! » Les cris avaient cessé. Les incendiaires prenaient du recul pour voir la villa flamber. Parmi les policiers, il y avait d'étranges personnages aux masques grotesques.

—Grand-mère !

Son appel s'acheva dans un sanglot. Elle était prisonnière, elle aussi, recroquevillée dans son lit environné de flammes. Le cauchemar horrible le fit se redresser, suffocant, inondé de sueur. Cette fois, son hurlement réveilla la maison endormie. Il réalisa que le feu n'existait que dans son délire. Ses rêves le torturaient depuis un mois, toujours les mêmes : le feu, l'enfer.

Il commençait à respirer lorsque Marthe surgit, affolée :

—Que se passe-t-il ?

—Un mauvais rêve. Pardon de t'avoir réveillée !

Elle posa la main sur son front :

—Tu es brûlant !

Il faillit éclater de rire.

—J'étais au milieu d'un incendie !

Elle lui ébouriffa les cheveux :

—Chez les Chinois, rêver de feu est la preuve d'un cœur ardent et généreux.

—Même pour un aveugle ?

Le silence qui suivit trahit le chagrin de la vieille dame. Elle confessa d'une voix enrouée :

—Cette femme...

—Ava Gold.

—Je l'ai laissée entrer. Je ne pouvais pas prévoir. Elle avait l'air gentille et elle venait de la part de Laurent. Elle parlait de nous aider. J'ai cru bien faire...

—Parle-moi de Gram !

La question prit Marthe au dépourvu.

—Pourquoi ?

—La maison, parle-moi de la maison de l'île.

—Il y a bien longtemps...

—Pourquoi on n'est jamais retourné là-bas ?

—Tu n'es pas bien ici ?

—Je ne saisis pas le rapport !

—Elle est inhabitée depuis des années, cette maison, et si froide. Les tempêtes ont emporté une partie de la toiture.

—J'ai besoin d'y retourner !

—Nous irons cet été, si tu veux, soupira la vieille dame.

Il y eut un silence, puis Léo chuchota :

—Tu l'as revu, pas vrai ?

—Qui ça ? demanda-t-elle sur le même ton.

—Mon père, tu l'as revu, ne dis pas le contraire.

Elle restait silencieuse. Il devina qu'elle était au bord des larmes.

—Tu as raison, murmura-t-il, il ne m'aime pas.

—Ne dis pas ça ! s'écria-t-elle d'une voix étranglée.

—C'est toi qui l'as dit !

—Devant les autres, peut-être. Il m'avait fait promettre... Je t'ai menti, c'est vrai. Oui, je l'ai revu, une fois, une seule fois, la semaine passée... Quand ta mère est morte, je lui en ai voulu. J'ignorais la vérité.

—La vérité ?

—Il était en prison à Mandara, en Afrique. Il y est resté long-temps dans des conditions épouvantables. Il a failli en mourir...

—Pourquoi tu ne m'as jamais parlé de ça ?

—Pour t'épargner.

—En me laissant croire qu'il était mort ?

—Je le croyais, moi aussi. J'ai eu tort de te mentir. Tu es très courageux. Tu as hérité ça de ton père... Mais tu dois te lever dans trois heures. Essaie de te rendormir.

—Toi aussi.

—Ma nuit est finie, maugréa-t-elle.

—Pas la mienne.

Toujours sa sinistre ironie !

Chapitre 23
RAISON D'ÉTAT

LA VILLA ÉTAIT TRISTE ET FROIDE. La veille, la chaudière était tombée en panne, une fois encore, et l'humidité du jardin s'insinuait dans la véranda.

—Venez au salon, décida Marthe. J'ai branché le radiateur électrique.

Richard Verneuil suivit la vieille dame. Comme il avait conservé son manteau, quand il s'assit, le bas de son visage disparut dans son col de fourrure.

—Nous aurions été plus à l'aise dans mes bureaux, bougonna-t-il.

Marthe soupira :

—Impossible de trouver un réparateur compétent. En réalité, il faudrait changer la chaudière. Mais c'est un luxe hors de nos possibilités. Si nos affaires s'arrangent...

—Cette maison est bien grande pour vous deux, fit remarquer l'avocat.

—Vous avez des nouvelles de Julien ? demanda Marthe.

Léo, muet jusqu'ici, manifesta son impatience :

—Je vous ai fourni des renseignements ! Barbier, Beaujeu, Chocart...

—Des noms, ce ne sont pas des preuves. Il devait y avoir autre chose dans leur conversation, un détail, une information compromettante, sinon ils n'auraient pas pris la peine de vous agresser en plein jour pour dérober ces bandes. Dommage qu'elles aient disparu !

Léo se frappa le front.

—Je les ai ici !

Verneuil se redressa. Sa tête sortit de son col comme un escargot de sa coquille.

—La dernière fois que nous nous sommes rencontrés, je ne détenais pas toutes les pièces du dossier.

—Et maintenant ?

—Nous avons une vision plus claire des événements qui se sont déroulés il y a cinq ans.

—Que s'est-il passé ? demanda Léo.

—Les services secrets ont abandonné l'homme d'État qu'ils avaient mission de conduire au pouvoir.

—Abandonné ?

—Ils devaient lui livrer des armes. Or, ces armes sont tombées aux mains de ses adversaires…

—Mon père n'est pour rien dans cette trahison, n'est-ce pas ?

—Ce n'est pas aussi simple, dit l'avocat, embarrassé. Ton père a obéi aux ordres. Un agent accomplit le sale boulot lorsque les politiques ne veulent pas se salir les mains. La mission devient officieuse. Notre allié, Ali Hassan, était devenu l'homme à abattre.

—Vous voulez dire que mon père a été chargé de l'exécuter ? murmura Léo d'une voix sourde.

—C'est la version officielle.

—Et la vôtre ?

—Un agent secret doit obéir aux ordres, je le répète. Toutefois, ce n'est pas une circonstance atténuante aux yeux de l'opinion.

—Les coupables sont ceux qui donnent ces ordres, pas celui qui les exécute !

—En droit, tu as raison. Mais, par malheur, depuis ces événements, le gouvernement a changé. Et des trois hommes du groupe Action, seul ton père a survécu, après la mort de Meyer. C'est ainsi qu'un héros devient un témoin gênant. L'affaire Ali Hassan est une page peu glorieuse de notre histoire. Ceux qui l'ont écrite veulent l'effacer. En condamnant ton père ils se disculpent avec l'accord du nouveau gouvernement.

—Mais vous, maître, vous connaissez la vérité.

Verneuil ouvrit son manteau comme s'il avait soudain trop chaud.

—La vérité ! gronda-t-il. Ali Hassan n'était pas un saint, loin de là. Une sorte de fanatique, lié aux réseaux terroristes. Il a exterminé des villages entiers, au sud du Soudan. Disons que sa mort n'est pas une grande perte pour l'humanité. Dans un premier temps, notre gouvernement a signé des accords avec lui et lui a octroyé un soutien militaire pour lui permettre d'accéder au pouvoir et de rétablir l'ordre dans cette région en proie à l'anarchie. Mais Ali était incontrôlable et notre pays avait d'autres objectifs, d'autres intérêts. Alors, ils l'ont sacrifié. Le problème, c'est que le pouvoir a changé plusieurs fois de mains depuis dix ans dans cette région. Le nouveau chef du pays, Mansour, surnommé le Mahdi en souvenir du héros qui a libéré jadis le Soudan de la domination égyptienne, est le propre frère d'Ali Hassan.

—Tout cela est bien compliqué ! soupira Marthe.

—Et les noms que je vous ai transmis ? demanda Léo.

—Ces gens n'étaient pas en poste, à l'époque.

—En résumé, il ne reste plus que mon père ?

—Pas tout à fait : Julien ne manque pas d'alliés, même au sein des services secrets. Mais la plupart sont obligés de rester dans l'ombre. Ils surgiront au bon moment.

—Au bon moment, mais quand ?

—Il faut laisser aux esprits le temps de s'apaiser. Si j'alertais la presse, dans les circonstances actuelles, le scandale ferait plus de mal que de bien. Dis-toi que les choses changent, les hommes passent, les événements rendent justice à ceux qu'on accusait de tous les maux. Le métier d'agent secret comporte bien des risques. L'un des plus insupportables est d'être désavoué après avoir servi son pays avec courage, comme Julien.

—Il devait démissionner, intervint Marthe avec lassitude. Il le disait.

—Il est difficile de sortir du système quand on est un bon agent – c'est le cas de Julien –, un départ est souvent considéré comme une désertion.

—Comment prouver son innocence, le réhabiliter ? demanda Léo.

—Son innocence ? grogna Verneuil. Lui-même n'y croit pas.

—« Une profession exercée par des héros avec des méthodes de voyous », c'est lui qui disait cela, ajouta Marthe avec un fond de rancune. Pourtant il s'obstinait à faire ce métier.

—Vous avez de nouveaux documents ? coupa brusquement

Léo.

L'avocat marqua un silence avant de répondre :

—Certains l'incriminent au lieu de l'innocenter.

Il tapota son cartable.

—J'ai ici un enregistrement... Tu douteras de son authenticité, pourtant elle est bien réelle. Entre nous, il vaut mieux que tu renonces à l'écouter.

—Renoncer !

—Je ne sais pas ce que tu as en tête, gronda l'avocat, mais je te conseille la prudence. Les gens que nous venons d'évoquer sont dangereux.

—S'ils m'attaquent, vous saurez me défendre.

—Il ne s'agit pas de gagner un procès.

—De gagner une guerre ?

Léo sourit pour faire croire à une plaisanterie. Il songeait à Shadow. Il avait résolu des énigmes beaucoup plus complexes. Il était temps de faire appel à ses pouvoirs pour gagner un combat perdu d'avance.

—Je n'ai plus que toi, Léo, murmura Marthe d'un ton suppliant.

—Lui aussi, répliqua-t-il.

—*Vous êtes bien Julien Langlois, membre des services secrets français.*

—*Je l'étais.*

—*Vous vous trouviez à Mandara le 4 octobre 2008.*

—*C'est exact.*

—*Vous saviez qu'Ali Hassan était, ce jour-là, en compagnie de sa famille.*

—*Je le savais.*

—*Cela ne vous a pas dissuadé de commettre votre attentat.*

—*C'était le seul moyen d'accomplir ma mission.*

—*Etait-ce conforme aux ordres de vos supérieurs ?*

—*J'ai dû improviser.*

—*Vous mesurez la gravité de votre témoignage ?*

—*Je suis prêt à en assumer la responsabilité.*

Chapitre 24
C'ÉTAIT SA FORCE

LÉO ÉCOUTA L'ENREGISTREMENT pour la dixième fois. C'était la voix de son père, il n'y avait aucun doute. Il comprenait les réticences de maître Verneuil. Cet aveu était insupportable. Cependant, le ton de l'interrogatoire n'était pas naturel, les réponses semblaient dictées, les voix trop paisibles. Il allait analyser une nouvelle fois le document sonore lorsqu'une galopade dans l'escalier l'incita à éteindre son ordinateur.

—Angélica ?

—Le lieutenant ! annonça la jeune fille, essoufflée. Il est ici, il veut te parler !

—Halphen ?

Léo resta d'abord interdit. Son premier mouvement fut de refuser de discuter avec celui qui l'avait trahi. Puis la curiosité l'emporta.

—Demande-lui de monter.

—Tu es sûr ? murmura Angélica, inquiète. Marthe n'est pas là.

—Justement.

Il entendit le soupir de la fille, suivi de son pas léger. Quelques instants plus tard, elle revint en compagnie du policier. L'odeur de tabac blond le surprit, pourtant c'était bien Halphen.

—Laisse-nous, petite, commanda le lieutenant.

Léo tendit la main.

—Reste ! J'ai besoin de tes yeux.

—De très beaux yeux.

Le policier s'assit. En entendant craquer le tabouret, Léo constata :

—Vous avez grossi, lieutenant, et vous vous êtes mis à fumer.

Le policier eut un rire crispé.

—Décidément on ne peut rien te cacher.

—Sauf lorsqu'on pirate mon ordinateur.

—Et le mouchard posé sous mon bureau, tu l'oublies ?

—Bon, coupa Léo, que voulez-vous, au juste ?

—Je viens en ami.

—J'ai déjà entendu ça ! ricana Léo.

—Le policier regarda les poings serrés du garçon et le regard accusateur de la fille. Il ajouta avec douceur :

—Je voulais te tenir au courant de l'aboutissement de mon enquête.

—Un nouveau piège ?

Le tabouret craqua de nouveau : le policier se penchait en avant.

—Ava était une amie, plaida-t-il sur le ton de la confidence. Nous avions travaillé ensemble autrefois avant qu'elle soit recrutée par la DGSE. J'ai cru qu'elle pourrait nous aider. J'ai commis une erreur, je le regrette, OK ?

—C'est moi qui ai commis une erreur en faisant appel à vous.

—Je veux me racheter.

—Vous le pouvez : laissez tomber ! répliqua Léo froidement.

—Sois satisfait : on m'a dessaisi du dossier !

—Pour quel motif ? ne put s'empêcher de demander Léo.

—Les documents que tu m'as remis, ceux de Lucie Meyer, m'ont ouvert les yeux, expliqua Halphen sans se soucier de l'incrédulité de Léo. Le jour de l'attentat qui a coûté la vie à Ali Hassan, ton père ne se trouvait pas au Darfour. Il aurait pu commanditer l'explosion à distance, or ce n'est pas le cas, j'ai vérifié. En réalité, je connais le coupable.

—Qui ? s'écria Léo.

—Le propre frère de la victime, Mansour Al Dawi, le précieux allié de notre pays. J'ai recueilli des preuves qui l'incriminent.

—Mais les aveux, l'enregistrement ?

—Il y a bien des moyens de faire avouer un innocent.

—C'est le policier qui parle ?

Le lieutenant ne releva pas l'insolence.

—Mansour extorque à ton père un témoignage qui l'accable et l'innocente lui-même en échange de sa libération. Puis il transmet le procès-verbal aux autorités françaises en leur ordonnant d'éliminer le faux coupable. Ainsi son problème aurait été résolu. Sauf que le président n'a pas que des amis dans son pays. J'ai recueilli des preuves qui l'accablent.

—Puisque vous saviez la vérité, pourquoi vous être acharné sur mon père ?

—Je ne détenais pas encore d'éléments suffisants.

—Le parc Saint-Jean...

—Ce n'était pas mon idée, mais celle d'Ava Gold, et lorsque j'ai appris l'intervention, j'ai pensé que son arrestation le mettrait à l'abri de ses ennemis. À présent, j'ai remis plusieurs dossiers aux gens concernés. Ton père ne risque plus rien, du moins de la part des autorités françaises.

—Écoutez, soupira Léo, je ne sais pas pourquoi vous êtes venu. Si c'est pour m'utiliser, une fois de plus, vous perdez votre temps : j'ignore où se trouve mon père.

—Moi, je le sais, répliqua Laurent.

Léo sentit son cœur s'affoler. Au même instant, il entendit la porte s'ouvrir. La main d'Angélica prit la sienne et la serra de toutes ses forces. Puis un homme s'avança. Léo devinait sa haute taille, son assurance tranquille. Des bras robustes l'enveloppèrent.

—Papa ?

C'était sa force, son odeur, sa tendresse un peu rude. Des pensées contradictoires assaillirent Léo : l'incrédulité, le bonheur, l'angoisse, le danger. Ce retour, c'était incroyable, insensé, c'était un rêve.

—Bon, je vous laisse en famille ! dit Laurent d'un ton joyeux.

C'était trop beau : les autres allaient surgir, les séparer, emmener son père.

—Merci pour tout !

La voix grave de son père venait d'un lointain passé, un temps de bonheur, d'insouciance.

—C'était un plaisir, commandant ! lança Laurent avant de claquer la porte.

Aussitôt, les bras libérèrent Léo. Des mains lui broyaient les épaules, le tenaient à distance comme pour l'observer. Puis la voix grave, de nouveau :

—Tu te souviens de Gram ?

Léo était trop ému pour répondre, alors Julien ajouta :

—Une balade en mer, ça vous dirait ?

Chapitre 25
GRAM

LÉO SENTAIT LA RESPIRATION DE LA MER, une puissante combinaison de houle et de vent, ressuscitant des souvenirs oubliés : ce souffle au goût d'iode et de sel. La seule différence était le vacarme du moteur diesel à la place du sifflement du vent dans les toiles et du claquement des cordages. Il se rappelait un voilier, à moins que ce ne fût un rêve, la projection de ses lectures. Quel âge avait-il à son dernier voyage ? Cinq, six ans ? Tandis qu'il s'interrogeait, le bras de son père pesa sur ses épaules.

—Tu n'as pas froid ?

Il se mit à rire en songeant qu'il devait ressembler au mousse d'un cap-hornier avec son pull à col roulé, son ciré et son bonnet enfoncé jusqu'aux yeux.

—Il fait beau, non ?

—Ne te fie pas à l'absence de vent et au sommeil de la mer. Dans ces parages, le danger vient des courants. Bien des naufrages ont eu lieu par leur faute.

Des grognements approbateurs saluèrent ses paroles. Combien étaient-ils à bord ? Trois sans compter Julien, pêcheurs à en juger par l'odeur. Des gaillards, petits, mais robustes. Julius, le patron du bateau, l'avait porté à bord avec un seul bras.

—Le drame le plus célèbre a eu lieu au nord, poursuivit Julien. Au large de Barfleur, il y a neuf cents ans. On l'appelle le naufrage de la Blanche Nef. Je te l'ai raconté, peut-être ?

Léo secoua la tête.

—Le roi d'Angleterre, duc de Normandie, regagnait son royaume à bord du *Léopard des Mers*. Un deuxième navire transportait tous ses enfants et leurs amis : cent cinquante princes et de jeunes seigneurs, filles et garçons de haute naissance. La nuit tombe, le brouillard se lève, le pilote s'égare, le courant entraîne le bateau sur les récifs où il se fracasse. Il n'y eut qu'un survivant, un marin. Le roi perdit son fils aîné, l'héritier du trône et toutes ses filles.

Léo frissonna.

—Il ne fait pas si beau que ça, en réalité, lança-t-il.

Les marins éclatèrent de rire.

—Nous arrivons, annonça Julien.

« Dommage », pensa Léo. Il aimait les histoires de son père, surtout les plus tragiques et les plus sanglantes, inspirées d'anciennes chroniques et des légendes de l'Atlantique. Il reconnaissait avec plaisir la voix grave, voix d'aventurier, de baroudeur, qui avait enchanté son enfance.

Les marins s'activèrent, le moteur s'inversa puis se tut, la coque toucha le sol. Durant la manœuvre, Léo resta assis, attendant les mains qui allaient le soulever et le poser sur le rivage, comme l'enfant qu'il avait été. Il entendit le roulement des galets et le raclement d'une corde, une amarre, sans doute, en regrettant l'absence d'Angélica. Elle aurait su lui décrire l'île sans qu'il fût obligé de l'interroger. Mais Angélica était loin, obligée de rester à Paris jusqu'à la fin de l'année scolaire. Luisa avait promis de venir avec elle un mois entier durant les vacances d'été. Soixante-dix jours d'attente.

—Nous y sommes, jeune pirate !

Cette fois, ce fut Julien qui le débarqua. Il le remit sur pied et le soutint pour lui permettre de retrouver son équilibre.

—Il faut monter. La maison est tout en haut. Voici Armel.

Léo n'eut pas le temps de demander qui était Armel. Julien lui prit la main.

—Dépêchons-nous : la pluie arrive.

Léo regarda le ciel sans le voir.

—Le temps est changeant, par ici. Les tempêtes surviennent sans crier gare. La météo elle-même en perd son latin !

Effectivement le vent s'était levé, l'air avait fraîchi, les vagues fouettaient le rivage avec plus d'intensité. Les hommes se hâtaient sur le sentier escarpé. Léo butait sur les pierres et la végétation acérée qui lui griffait les genoux à travers le velours de son pantalon. Son père lui broyait la main. L'île semblait sauvage. Il demanda :

—Il y a combien d'habitants ?

—Sur l'île ? Je l'ignore. Une quinzaine de maisons, mais la plupart ne sont habitées qu'en été. Louise est toujours là ?

—Toujours.

L'homme avait l'accent étranger. Armel ?

—Louise est une très vieille dame qui habite de l'autre côté de l'île, expliqua Julien. Tous les siens ont disparu en mer. Sa maison est isolée comme la nôtre. Entre les deux, il y a un hameau, sept ou huit foyers, une jetée, un petit port, si on peut appeler ainsi leur bocal de poissons rouges. Tu imagines ?

—Vaguement.

L'adverbe le fit sourire. Les cris des goélands étaient assourdissants. Julien lui lâcha la main.

—On y est ! C'est Castelrock.

Il donna des ordres. Une porte grinça. Les marins déposèrent leurs bagages à l'intérieur, puis ils prirent congé à cause de la marée qui descendait. La maison sentait la cire et la cendre. Sur la gauche un feu brûlait dans une cheminée. La main de Léo repéra une table, des chaises, deux fauteuils de cuir.

Il ôta son bonnet, se débarrassa maladroitement de son ciré, puis s'assit dans l'un des fauteuils. Il se sentait épuisé alors qu'il n'avait pas fourni d'effort, et désorienté après avoir parcouru en rêve depuis des années cette île perdue au milieu de la mer. Gram. Son nom sonnait comme un cri.

Le plancher craquait un peu partout et le vent, de plus en plus violent, secouait la charpente et malmenait les volets. Était-ce la nuit ? Il chercha d'instinct sa montre sonore et se souvint qu'il l'avait glissée dans son sac à dos. À l'étage, une porte claqua. Un pas ébranla l'escalier de bois. Le vent faisait ronfler la cheminée. Il ferma les yeux et songea à ses amis : Idriss, Gus, Gerd, Rahim, ils lui manquaient. Angélica surtout, sa curiosité, son bavardage, son parfum de fruit, la douceur de ses lèvres.

—Tu dors ?

Son père était là, brusque, affectueux.

—Non, je rêvais.

—Tu es dépaysé, c'est naturel. Demain, nous explorerons l'île. Il y a des cannes quelque part. Je t'ai installé dans la petite chambre. Ce n'est pas la plus belle, mais c'est la plus chaude. Le plafond est bas. Armel a fait du feu. Sur l'île, on brûle la tourbe. Le bois est un luxe, car il y a peu d'arbres et on veille sur eux. Les bûches viennent des Chausey. Pas de chauffage électrique. Le générateur sert exclusivement à l'éclairage.

—Cette maison, il y a longtemps ?

—Dix-huit ans. Ta mère, Hélène, est tombée amoureuse de l'île, à cause de son caractère sauvage.

La voix se teinta de mélancolie.

—Je ne t'ai jamais parlé d'elle. Elle n'avait peur de rien.

—Je me souviens surtout de sa douceur.

—Avec toi. Les autres étaient stupéfaits par son audace et son énergie, en mer ou en plein désert. Si frêle, si forte.

—Les autres, quels autres ? demanda Léo.

—Mes compagnons.

—Les marchands de tableaux ?

Julien se mit à rire de bon cœur. Ses mains claquèrent sur les accoudoirs du fauteuil.

—Insolent ! Je connais fort bien la peinture, quoi que tu en penses.

—La peinture africaine ?

Son père resta silencieux, puis il finit par dire d'une voix étranglée :

—Tu lui ressembles : malicieux, caustique... Elle me

manque !

—Tu lui manquais. Elle passait sa vie à t'attendre.

—Je crois entendre ta grand-mère !

—Pourquoi tu ne l'emmenais pas avec toi ?

—L'emmener où ça ? Au Soudan ? demanda Julien avec amertume. Malade comme elle était, elle n'aurait pas supporté le climat.

—Dans ce cas, pourquoi l'avoir abandonnée ?

—On m'a confié une mission militaire, politique, en réalité. Je partais pour cinq jours, je suis resté cinq ans. Toute une vie ! Entre-temps...

« Entre-temps, maman est morte, et moi, j'ai cru ne jamais te revoir », acheva Léo avec rancune.

—Cet Ali Hassan, qui a été assassiné, c'était qui, au juste ? demanda-t-il.

—Un monstre.

—Et ses enfants ?

—Leur meurtrier, Mansour Alawi, ne vaut pas mieux que lui, il est sans doute pire. Ali était un fanatique religieux, Mansour un ambitieux sans scrupules. Mais je l'ignorais, je lui ai fait confiance, c'était une erreur, et le gouvernement a mis plus longtemps encore à le découvrir.

La voix de Julien était sourde et lointaine, comme s'il s'adressait à lui-même. Il fut interrompu par Armel, accompagné d'une odeur de viande grillée.

—À table ! annonça Julien avec une joie forcée.

Léo se leva.

—À ta droite, précisa son père.

L'aveugle lui fut reconnaissant d'éviter de lui prendre la main. Il se souvenait de l'emplacement de la table et s'assit sans difficulté. Loin du feu, la maison était froide et humide. Cependant, la viande et les pommes de terre étaient chaudes et le thé bouillant. Léo s'aperçut qu'il était affamé. Armel s'installa avec eux. Il n'avait pas prononcé deux mots depuis leur débarquement et demeura muet pendant tout le repas au regret de Léo qui aurait voulu savoir d'où le gardien était originaire. Il attendit qu'il eut débarrassé pour demander :

—Il est grand, n'est-ce pas ?

Julien fut pris d'un rire silencieux avant de confirmer :

—Deux mètres, cent vingt kilos, une force de taureau.

—Un marin ?

—Un soldat.

—Vous avez combattu ensemble ?

—Pas vraiment, non, et il y a longtemps. Ta chambre est prête. Si tu veux te reposer...

Une façon d'éviter les questions. Léo n'insista pas.

—La chambre est à l'étage, deuxième porte à droite.

Une fois encore, il fut reconnaissant de n'être pas traité en infirme. Il tâtonna jusqu'à l'escalier, monta, trouva la porte et explora les lieux. Tout était en place : l'ordinateur sur un petit bureau, l'horloge à droite du lit, une pile de livres sur un coffre. Il effleura le braille : Kipling, London, Stevenson, des récits adaptés à une île perdue. Les événements se bousculaient dans sa vie. Il avait retrouvé son père après l'avoir perdu, mais Julien avait changé. Son attitude le déconcertait. Puisqu'on lui avait rendu justice et qu'il n'avait plus rien à craindre, pourquoi cette hâte à disparaître et à l'emmener sur cette île, loin de son école, de ses amis ? Pourquoi tant de mystères ? Tant de silences ? Autant de questions à poser sans certitude d'obtenir de réponses.

Après une rapide toilette à l'eau glacée dans un petit cabinet attenant, il s'enfouit sous les édredons empilés sur son lit. Le vent déchaîné secouait la maison. Il s'endormit en pleine tempête sur un voilier, pris en chasse par le terrible John   Hachman, terreur des Caraïbes, surgi des histoires de son enfance.

Chapitre 26
LE RAPACE

IL FUT RÉVEILLÉ PAR UNE DÉTONATION, suivie d'une seconde à quelques secondes d'intervalle. D'abord, il crut être sur un voilier coincé entre les récifs de la mer des Antilles, puis l'immobilité de la chambre le ramena sur terre. Gram. Le voyage paisible, les marins de Granville, l'autorité rassurante de son père, le commandant comme ils l'appelaient tous.

La voix familière de son réveil lui indiqua qu'il était sept heures et quart du matin. Ivre de vent, il avait dormi dix heures. Il se leva et prit ses habits disposés la veille entre deux édredons. Leur tiédeur compensa l'air glacé qui s'infiltrait dans la pièce.

Dehors, le vent était tombé. On entendait le fracas lointain des vagues sur les rochers. La maison était silencieuse. Il se défendit d'appeler par crainte de révéler ce qu'il était : un infirme égaré dans un environnement qu'il devait apprivoiser. Ses mains savaient explorer. Sa mémoire ferait le reste. En sortant de la chambre, il trébucha, se retint à la balustrade et la suivit jusqu'à l'escalier. En bas, on avait rallumé le feu dans la cheminée. Il visita la grande pièce. Les sièges étaient à la même place que la veille. Il repéra un coffre, une armoire monumentale, puis un meuble vitré, plus petit, une bibliothèque peut-être. La porte entrebâillée révéla des armes, des fusils. Il les comptait quand la porte d'entrée s'ouvrit, un vent froid pénétra dans la pièce.

—Tu es réveillé ?

La gaieté de son père lui parut factice. Quelque chose le contrariait.

—C'était quoi, ces détonations ?

—Armel qui chassait.

—Il y a du gibier sur l'île ?

—Non, mais il y a des moutons. Armel éloignait un rapace, un aigle qui attaquait les agneaux.

—Il l'a tué ?

—Effrayé. Tu as faim ?

—Je meurs de faim.

—C'est une belle mort. Viens.

Il le conduisit vers la cuisine en évitant de lui tenir le bras. Il le poussait légèrement au niveau de l'épaule. Il faisait la même chose autrefois lorsqu'ils se promenaient sur l'avenue Gounod ou dans le parc, en décrivant le décor. Ceux qu'ils rencontraient les prenaient pour des gens comme les autres. Un père et son fils au retour d'un jogging.

—Pourquoi toutes ces armes ? demanda-t-il.

—J'ai toujours aimé les fusils. Certains étaient à ton grand-père. Il possédait une réserve de chasse au sud de la Loire. Il m'emmenait à l'ouverture...

Tout en bavardant, il remuait des ustensiles métalliques. Léo perçut la petite explosion du gaz, du Butagaz sans doute, comme chez Angélica.

—Ta mère était d'une adresse étonnante. À cent mètres, avec la petite carabine, la Winchester, elle ne ratait jamais sa cible.

—Maman ?

Le portrait était si différent des récits de Marthe et de ses propres souvenirs qu'on aurait dit une autre femme.

—Nous allions chasser en Sologne, elle était meilleure que moi.

Sa voix était nostalgique. Une odeur de pain grillé envahit la pièce.

—Pourquoi venir ici, sur cette île ? demanda Léo. Je ne reconnais plus rien

—Tu n'es pas bien ?

—Si, je crois.

—Je me suis dit que ce serait l'endroit idéal pour nous retrouver, refaire connaissance, après si longtemps. Tu es un peu déboussolé, c'est normal, mais tu t'habitueras vite, je te connais. La maison est presque terminée. On a refait la toiture, isolé les murs, remplacé les volets, réparé la remise, installé un groupe électrogène. Tu as pu utiliser ton ordinateur ?

—Pas encore.

—Tu n'auras pas Internet, mais tu pourras enregistrer des messages et même les imprimer. Julius les postera à Granville. C'est lui qui assure les liaisons et le ravitaillement quand le temps le permet. Le café est prêt. Au fait, tu aimes le café ?

—C'est ce que je bois.

—Confiture d'orange amère à l'anglaise.

Il disposait des tasses, des assiettes. Un curieux étui de laine protégeait la cafetière.

—J'aimerais visiter l'île, dit Léo.

—Ce matin ? Il pleut et je dois m'absenter.

Le ton était empreint de contrariété. Léo mordit dans une tartine et demanda, la bouche pleine :

—Je peux t'accompagner ?

—L'île est dangereuse, les falaises, les coups de vent, les courants. Je n'aurai pas le temps de m'occuper de toi. Armel te guidera, il connaît chaque pierre, chaque buisson. En attendant...

Il se leva, farfouilla dans un placard et revint en disant :

—Prends ça.

C' était une canne. La main de Léo découvrit la pointe fer-rée et le corps noueux terminé par une crosse. La porte s' ou-vrit avec sa bouffée d' air humide.

—Voici ton guide.

Armel cogna ses semelles à la pierre du seuil.

—Vous l' avez flingué ? demanda Léo.

—De quoi tu parles ? fit le géant d' un ton rogue.

—L' aigle.

—Je lui ai dit que tu as chassé le rapace qui menaçait les moutons de Berny, s' empressa d' expliquer Julien.

Le grognement d' Armel passa pour une approbation.

—Du café ? proposa Julien.

Quand le géant s' assit, Léo évalua son volume impression-nant au craquement da la chaise et aux oscillations de la table. Il demanda :

—C' est vous qui m' emmenez ?

Les deux hommes se consultèrent du regard.

—Tu pourrais le conduire jusqu' au port, suggéra Julien.

Armel prit le temps de boire une gorgée de café avant d' ac-quiescer :

—Je ramènerai l' huile.

Son accent intrigua de nouveau Léo.

—Tu es anglais ?

—Écossais.

—C' est la même chose, non ?

—Si tu le dis...

—Il y a souvent des aigles par ici ? insista Léo.

Silence radio. Pourquoi ce sentiment qu' on lui mentait au sujet des détonations ?

—Vous m' apprendrez à tirer ?

—Sur qui ? demanda Julien avec une ironie maladroite.

—Les Samouraïs tirent les yeux bandés.

—À l' arc, oui, mais ils regardent leur cible avant de fermer les yeux.

Il ne le disait pas avec l' intention de le blesser, pourtant Léo sentit sourdre ses larmes. Comment leur expliquer qu' il devinait la position des êtres et leur mouvement au bruit et à la densité de l' air.

Rageur, il grommela :

—Ce n' était pas un aigle, n' est-ce pas ?

—Un rapace, de l' espèce la plus dangereuse, dit Armel avec sévérité.

—Si tu sors, mets tes bottes et ton ciré, lança Julien pour détourner la conversation.

—Le chemin des crêtes ou le sentier des épaves ? enchaîna

Armel.

C'est à son père qu'il s'adressait.

—Les épaves ! s'exclama Léo.

Le mot recélait une promesse d'aventure. Son père lui apporta ses affaires. Le pull de laine lui irritait le cou. Les bottes étaient trop grandes et le ciré, trop étroit, lui paralysait les bras. Dehors, la pluie n'était qu'une vapeur légère. La main d'Armel rabattit le capuchon sur son visage ; celle de Julien lui tendit sa canne.

Pendant quelques mètres, la pointe s'enfonça dans la boue, puis le sol devint dur. Le fer sonnait sur les pierres.

—Droit devant ! ordonna Armel.

Ils avancèrent lentement. Le géant ouvrait la marche. De temps en temps, il s'arrêtait. Léo butait sur lui. L'homme semblait encore plus grand et robuste que l'avait indiqué Julien. Un ours. Mais un ours laconique qui se bornait aux indications essentielles. Contourner les rochers, se détacher des buissons, éviter les flaques.

Au bout de quelques minutes, le sentier descendit vers la mer. Les bottes glissaient sur des lits de cailloux. Léo sondait le sol avec sa canne en songeant qu'Angélica lui aurait évité ces gestes d'aveugle et lui aurait permis d'enregistrer l'itinéraire.

La pluie avait cessé. Il repoussa son capuchon, heurta Armel et s'aperçut qu'il portait un fusil à l'épaule.

—Cette arme, tu en as besoin ?

Le gardien ne répondit pas. Le bruit des vagues était proche. La pente cessa, le sol devint sableux. D'énormes rochers encombraient le parcours. La canne les repérait. Parfois, le passage était si étroit qu'il devait avancer en biais. Armel intervenait pour le guider. Soudain, son bras arrêta la canne qui balayait l'espace devant lui.

—Fais gaffe, d'Artagnan !

Léo s'esclaffa. L'ours avait donc de l'humour ?

Un peu plus loin, il trouva un banc de roche et s'assit.

—Je suis crevé !

—Tu veux rentrer ?

—Non, cinq minutes de pause, pas plus.

Il n'était pas fatigué, seulement curieux de questionner son guide. Armel s'installa à côté de lui comme il l'espérait.

—Tes épaves, elles sont où ? commença-t-il.

—Disparues depuis longtemps. On les a démontées et brûlées. Le bois est précieux, sur l'île.

—Tu as vu des naufrages ?

—Un seul, celui d'un voilier désemparé une nuit de tempête. Le navigateur était un novice. Les pêcheurs, eux, sont prudents. Il n'y en a plus que deux sur l'île : Yann et son fils, surtout Yann. Son fils est un bon à rien !

—Toi, tu vis ici depuis longtemps ?

—Quinze ans.

—Tu ne t'ennuies pas tout seul ?

—Qui te dit que je suis seul ?

—Où sont tes femmes ?

Il eut droit à un rire énorme, et comme le géant paraissait désarmé, il en profita pour lancer :

—Sur qui tu as tiré, dis-moi ?

—Un aigle, c'était un aigle. Tu es sourd ?

—Non, seulement aveugle.

Sa réplique obtint l'effet escompté.

—Bon, il faut se presser. Un nouveau grain s'amène.

La voix se voulait rude, mais Léo sentit une main bienveillante s'emparer de son bras. Ils marchèrent ainsi pendant dix minutes. L'ours était plus bavard.

—C'est marée basse. Au retour, la mer ira jusqu'au pied de la falaise, nous suivrons le chemin du haut.

Comme il l'avait annoncé, la pluie revint, toujours aussi légère. Léo resta tête nue. Il n'avait pas froid et, sans son bonnet et son capuchon, il entendait le bruit de la mer.

—Il y a une maison juste au-dessus de nous, c'est celle d'Orénoque, le médecin de l'île, expliqua Armel.

—Pourquoi Orénoque ?

—À cause de ses voyages en Amérique du sud. Il a vécu au

Vénézuela.

—Un médecin pour huit habitants, quel luxe ! plaisanta Léo.

Au même instant, ils entendirent une détonation. Armel s'arrêta et plaqua le garçon contre lui.

—Encore un rapace, murmura Léo.

Chapitre 27

LE CHANT SACRÉ
DES ROCHES BLEUES

LE QUAI CIMENTÉ S'ÉTENDAIT sur une vingtaine de mètres. Au-delà, c'était la digue, faite d'énormes blocs de grès, et l'amorce d'une falaise.

—Huit maisons, précisa Armel. Cinq d'entre elles ne sont habitées qu'en été. Des Anglais natifs de Cornouailles et des mordus de la mer. Il faut être dingue pour vivre ici.

—Comme toi ?

—Comme moi, confirma le gardien.

Les autres s'abstinrent de rire, deux hommes et deux femmes réunis dans une sorte de magasin, épicerie, tabac, buvette, corderie, dont les odeurs se mélangeaient. Léo trempa les lèvres dans un breuvage amer et brûlant qui pouvait passer pour du café.

—Ici, l'hiver dure huit mois, fit remarquer Armel.

—Suivent quatre mois de mauvais temps, gloussa une voix jeune et haut perchée, fille ou garçon.

—Comme ça, vous avez ouvert Castelrock ? s'étonna Louise.

Armel avait présenté la vieille dame à Léo, quelques minutes auparavant.

—Pour les vacances, grommela Armel.

—Quelles vacances ?

—Celles d'été.

—C'est rassurant de savoir qu'on aura un été !

Armel s'agita bruyamment sur sa chaise.

—Je connais ton père, un bel homme, dit Louise. Il se baignait par tous les temps et manœuvrait son voilier comme un vrai skipper.

Léo s'épanouit.

—J'aimerais aller en mer, moi aussi.

—La mer est une sale garce, gronda Louise. Il ne faut pas s'y fier !

—Rien ne t'empêche d'aller vivre en Normandie, au milieu des vaches, railla Armel.

La voix de la vieille femme se teinta de tristesse.

—Les miens sont ici, leurs âmes, si tu sais ce dont je parle, et cette terre, c'est un morceau de pierre normande. Mais toi, l'Ecossais, on sait bien que tu as horreur de la mer, de la pluie et du brouillard. Tu ne supportes que le sable et la chaleur du désert. Alors on se demande ce que tu fais parmi nous.

—Sur Gram, j'ai trouvé la paix, dit Armel d'un ton recueilli.

Les autres durent échanger un regard et éviter de s'esclaffer.

—Drôle de paix avec toute cette artillerie, railla Louise.

Léo entendit un objet métallique cogner le canon du fusil appuyé à leur table.

—Nous avons chassé un aigle, expliqua-t-il.

Cette fois, les quatre autres éclatèrent de rire.

—Un aigle, gloussa Louise. Pauvre oiseau, il a dû se tromper de nid.

—Pour protéger les agneaux de Berny, ajouta Léo.

Les rires redoublèrent.

—Il est temps de rentrer, grogna Armel.

—Cet aigle féroce, c'était qui ? demanda l'épicier.

Comme Armel bousculait sa chaise pour l'obliger à se lever, Léo obéit à contrecœur. Il aimait cette minuscule boutique, son odeur de tabac et d'épices, l'amertume du café, la chaleur du vieux poêle, et la sympathie brutale des insulaires. Dehors, le vent d'ouest soufflait en rafales et la pluie fouettait les fenêtres.

—Vous devriez attendre, conseilla Yann.

La main de Louise saisit celle de Léo.

—Viens me rendre visite un de ces jours, mon petit. Je te raconterai l'histoire de l'île.

—Elle te présentera à ses fantômes, ironisa Armel.

—Ils valent mieux que les tiens, riposta la vieille femme. Le commandant arrive, et aussitôt, c'est la guerre !

Armel l'obligea à lâcher la main de Léo.

—Vieille folle !

Vieille, certainement, mais folle, pas du tout. Environné de mystères, Léo était déterminé à écouter ce qu'elle avait à lui dire. Pour ça, il devrait tromper la vigilance du gardien, traverser l'île et trouver sa maison. « Jeu d'enfant ! » pensa-t-il en se moquant de son handicap.

Dehors, la pluie avait subitement cessé, mais le vent était si coupant que Léo enfonça son bonnet jusqu'aux yeux et resserra son écharpe. Au bout du quai, les bourrasques s'acharnèrent sur eux, obligeant Armel à le soutenir pour l'empêcher de tomber à l'eau. Ils éprouvèrent une accalmie durant l'ascension de la falaise. Le chemin, abrité du vent d'ouest, longeait un à pic au pied duquel la mer explosait en gerbes d'écume. Le géant forçait Léo à marcher près du mur. Ce chemin-là, il ne fallait plus y penser. Pour se rendre chez Louise, il passerait par la côte, la voie des épaves, au risque d'être surpris par la marée. La vieille avait évoqué l'histoire de l'île, mais c'était celle de Castelrock qui intéressait Léo, celle que lui dissimulait Julien. Ce secret, il ne devait pas compter sur Armel pour le lui révéler. Vis-à-vis de son père, le géant se comportait en chien fidèle.

Au sommet, exposés au vent, ils avancèrent plus lentement. Armel lui tenait le poignet pour l'empêcher d'être emporté. Et, soudain, la pluie recommença, lourde, violente.

—Par ici, ordonna l'ours.

Ils pénétrèrent à l'intérieur de la falaise. La voix d'Armel résonnait bizarrement.

—On est dans une grotte, expliqua-t-il. Autrefois, c'était le repaire des pirates, l'endroit où ils entassaient leur butin. On prétend qu'un trésor est toujours enfoui dans une galerie fermée après un éboulement. Des cinglés l'ont cherché pendant des années. On l'appelle la grotte bleue. Va savoir pourquoi : la roche est toute grise par ici.

—Un trésor ? s'exclama Léo.

Le rire de l'ours résonna sous la voûte.

—C'est ce qu'on raconte, mais les seuls trésors dorment au fond des mers. Il y a beau temps que la grotte a été auscultée, sondée, creusée jusqu'à l'os, sans jamais livrer le moindre doublon.

—Un doublon ?

—Un louis, une pièce d'or, si tu préfères. Écoute la pluie !

C'était un son étrange produit par les gouttes qui rebondissaient sur la paroi avec un bruit de cristal, une sorte de musique religieuse.

—Ce mystère-là est beaucoup plus intéressant que les légendes des pirates.

—Qu'est-ce que c'est ? demanda Léo.

—Aucune idée. La pierre ne produit pas ce bruit-là, et sur l'île, il n'existe pas d'écho comparable. Juste à cet endroit. Je connais chaque caillou de Gram, chaque refuge, chaque vestige, la tour de guet, une ruine qui date de Guillaume le Conquérant, toutes les maisons abandonnées. Les tempêtes ont emporté leurs toitures, elles s'attaquent aux murs, bientôt il n'en restera aucune trace. On ne connaît même plus les noms des propriétaires.

—Castelrock résiste, fit remarquer Léo.

—La maison est abritée et bien entretenue.

—Tu l'habites depuis longtemps ?

—Là et ailleurs.

—Sur l'île, en tout cas ?

—Sur l'île, oui.

—Et avant ça, tu vivais où, en Afrique ?

—Pourquoi l'Afrique ?

—Louise a parlé du désert.

—Tu essaies de me confesser !

—Moi ?

—Il paraît que tu lis dans l'esprit des gens et que tu sais des choses que les autres ignorent.

—Qui t'a raconté ces craques ?

—Ton père.

Léo haussa les épaules.

—Qu'est-ce qu'il en sait ? Il vit loin de moi depuis des années. C'est son habitude de disparaître. Aujourd'hui encore ! Tu ne sais pas où il est allé ?

—Le commandant ne me dit jamais où il va ni ce qu'il fait.

—Alors, on est deux !

Il restèrent silencieux, attentifs au bruit de la pluie, puis Léo demanda :

—Vous avez combattu ensemble ?

—Pas vraiment.

—Mon père m'a répondu la même chose. « Pas vraiment », ça veut dire quoi ?

Comme le géant restait muet, Léo fut pris d'une illumination.

—Vous ne vous battiez pas dans le même camp, pas vrai ?

Le silence persistant d'Armel fut un aveu. Ils étaient ennemis, du moins ils l'avaient été, pourtant il appelait Julien commandant avec une sorte de respect et, depuis quinze ans, il veillait sur Castelrock, il était à son service.

Il le pressa :

—Que s'est-il passé ?

—Où ça ?

—Là-bas, en Afrique ou en Orient, dans ce désert ?

—La pluie a cessé, dit le géant. L'accalmie ne durera pas. Cette nuit, nous aurons la tempête.

« Je me fiche du temps qu'il fait ! » rumina Léo. Il voulait savoir la vérité. Cette île entière était un mensonge, et sa présence une erreur. Il avait suivi son père « aveuglément » sans se douter que l'île qu'il avait imaginée n'existait plus.

—Tu viens ou tu restes ?

Le ton d'Armel ne lui laissait pas le choix. Léo sortit. L'autre l'empoigna brutalement.

—Mollo, Brutus !

—La nuit va tomber.

—Sans blague ?

L'ironie eut le don d'apaiser l'irritation du gardien.

—Il reste dix minutes de trajet, si le ciel n'est pas trop méchant, soupira-t-il.

Ils marchèrent en silence, tous les deux pensifs, sur un sentier accidenté où les caprices du vent contrariaient les tâtonnements de Léo. Le géant, attentif, lui évita bien des chutes. Arrivé à Castelrock, Léo le remercia à sa manière :

—Merci pour la balade !

Il eut droit à un grognement, manifestation la plus affectueuse de la part d'un ours. Julien n'était pas rentré. La nuit devait être tombée et la maison obscure car Armel se cogna en jurant tandis que Léo gagnait l'un des fauteuils après s'être délesté de ses bottes et de son ciré.

Il entendit Armel allumer la lumière, disposer des bûches dans la cheminée, gratter une allumette. Le petit bois crépita, l'odeur envahit la pièce, précédant la chaleur. Léo ferma les yeux et révisa mentalement ce qu'il avait repéré. Il se souvenait avec précision du chemin des épaves. Cependant, il l'avait parcouru à marée basse. Que devenait le passage à marée haute ?

La tempête annoncée par Armel survint au moment précis où Julien arriva.

—Où étais-tu ? demanda Léo.

—En mer.

La voix était lasse, anxieuse, semblait-il, et propre à décourager les questions.

—Et toi ?

—J'ai fait la connaissance du port, de Louise, des roches bleues et de leur cantique. Tous les monuments de l'île.

—Pour un premier jour... Tu n'es pas fatigué ?

—Pas autant qu'Armel.

—Fatigué, Armel ?

—Par mes questions, oui.

Julien se mit à rire. Un rire étonnamment heureux.

J'ignore si tu entendras ce message. Les tempêtes qui nous har-
cèlent depuis dix jours empêchent les bateaux normands de venir
sur l'île, et le nôtre de sortir du port. Est-ce la saison ? Je pose
la question pour me rassurer. Personne ne daigne me répondre.
Gram est une terre sans foi ni loi, perdue au milieu des éléments,
très différente des récits de Marthe et de mes propres souvenirs au
point que je me demande si nous n'avons pas rêvé, elle et moi.
Nous confondons peut-être les rivages, les falaises, les maisons.
Tout est si rude, sévère, étranger, hostile. Comment des enfants
pourraient-ils passer leurs vacances sur ce rocher qui rebute les
goélands ? Tout ça est confus. Tes yeux me manquent, Angélica.
Tu remettrais à leur place les pièces de ce puzzle dispersé par le
ciel et la mer. Sans toi, j'ai l'impression de m'être perdu. Ni les
êtres ni les choses ne sont ce que j'avais en mémoire. Mon père
lui-même ne ressemble pas au héros dont je t'ai si souvent parlé.
Il m'aime, pourtant, c'est une certitude. La seule. Mais il est ner-
veux, méfiant, susceptible. J'essaie de me persuader que sa longue
détention a affecté son caractère. J'ai parfois l'impression de l'en-
combrer. Pourquoi m'avoir amené ici pour me traiter en infirme
alors qu'il ne l'avait jamais fait lorsque j'étais enfant ? Il me ment,
je le sais. Pour m'épargner ? Il l'assure, or ce n'est pas certain. Hier,
il a disparu de nouveau en prétendant être sorti en mer alors qu'il

n'a pas quitté l'île. La mer est son prétexte pour s'éloigner de moi : trop dangereuse pour un enfant sans expérience de la navigation. Il a avec lui une sorte de garde-chasse, un géant de deux mètres qui montre les crocs à tout propos. Armel. Il ne faut pas se fier à ce nom pacifique et à ses manières de chien d'aveugle. L'homme porte perpétuellement un fusil à l'épaule, il doit dormir avec. Et il s'en sert : à deux reprises des coups de feu ont retenti. La première fois, mon père a prétendu qu'il chassait un aigle pour sauver la vie d'un agneau. « Pauvre bête ! » (l'aigle, pas l'agneau) comme dit la vieille Louise, ancêtre de l'île. Yann, le pêcheur, affirme de son côté qu'on n'a jamais vu de rapace aussi loin du continent. La deuxième fois, Armel et Julien m'ont raconté qu'ils s'entraînaient. Admettons. Tous deux sont d'anciens soldats. Ils conservent la nostalgie de leurs campagnes à en juger par les armes qui remplissent la maison. J'ai compté douze fusils, deux revolvers, et vingt boîtes de cartouches. De quoi soutenir un siège. Notre maison de vacances est une forteresse ! Ce n'est pas la seule surprise de Gram. Figure-toi que ma mère, Hélène, était une amazone, navigatrice intrépide et chasseresse. De quoi être déconcerté, mais pas effrayé. J'ai trop rêvé d'aventures pour dédaigner celles qui se présentent. Ma frustration vient de ce qu'on me dissimule. Ici, les êtres sont bizarres : Louise, une vieille dame farouche dont la mer a exterminé la famille. Orénoque, un médecin débarqué d'Amérique du Sud. Je ne l'ai pas encore rencontré. Berny, le berger. Yann, le pê-

cheur. Julius et ses marins qui n'ont qu'une hâte : fuir cette terre maudite. Gaël, l'épicier, que je soupçonne de confondre le tabac et le kif, et Yves, sa fille ou son garçon, je n'ai pas d'elle ou de lui une idée très précise. Il y a aussi une falaise dont les pierres chantent sous la pluie, et une grotte, refuge de pirates, rempli de cauchemars et de trésors. Si, après tout ça, tu n'as pas envie de partager mon exil, alors, ma vieille, tu as bien changé ! Vous me manquez. Tous. Idriss, Gus, Stan, Jimmy, Vador, Tanya… Je suis bien seul pour mener mon enquête. Gram recèle un terrible secret, et je suis déterminé à le découvrir. Tu penses que je regrette mon job de détective ? Eh bien tu as raison. Je m'ennuie. Trente-sept jours encore avant ton arrivée, si ta mère ne change pas d'avis en écoutant cet enregistrement plein de coups de feu, d'apparitions, d'esprits malfaisants et de forbans. Je vais confier une clé et une copie papier à la grâce de Julius, notre facteur, en espérant qu'elles te parviendront avant l'été. J'allais oublier : n'oublie pas ta robe mauve et ta ceinture d'argent. Elles feront le plus bel effet sur ce rocher en mal de sirènes.

Chapitre 28
L'ÎLE MÈRE

À L'OUEST DU PORT, LE RELIEF DE GRAM était plus tourmenté, comme si les ouragans venus de l'Atlantique fragmentaient les falaises et refoulaient les récifs sur la côte.

—Doucement ! recommanda Yves, une fille en définitive.

La mer était calme mais, à marée haute, les vagues s'écrasaient sur les rochers avec une furie de bête entravée, un monstre impatient, c'est ainsi du moins que l'imaginait Léo.

—Par ici !

La main calleuse d'Yves saisit la sienne pour le guider. Le chemin longeait la falaise dans un chaos de dalles glissantes.

—C'est encore loin ? cria Léo à travers les embruns qui le giflaient.

—Après le cap, n'aie pas peur.

Léo fouetta l'air avec sa canne. Il n'avait pas peur de la mer ni de cette fille un peu folle qu'il avait rencontrée devant les roches bleues et suivie par curiosité. « Louise te demande ! »

Plus loin, la traversée du cap offrit un répit. Par endroits, le sol était recouvert d'une végétation dure, qu'on aurait dit fossilisée, et de lits de galets sonores.

—C'est les mafrées, commenta Yves dans son langage mystérieux.

De l'autre côté du cap, le chemin descendait vers un petit golfe. La maison de Louise s'accrochait à la pente, au milieu d'un enclos minéral. Léo caressa au passage les pierres humides. Yves frappa à la porte et ouvrit. Un vieux chien émit une plainte saccadée qui avait été un aboiement. L'intérieur était chaud. À l'odeur, Léo reconnut un feu de tourbe.

—C'est toi ? demanda la voix de Louise.

Ni Léo ni Yves ne répondirent.

—Eh bien, entrez ! s'impatienta la femme.

Elle les bouscula et claqua la porte.

—Moi... commença Yves.

—Toi, tu restes avec nous pour le raccompagner, exigea la vieille. Le vent est traître, par ici. Quelle idée d'amener un garçon comme toi sur cette île maudite ?

—Un aveugle, vous voulez dire ? suggéra Léo avec une douceur suspecte.

Louise éclata d'un rire rauque.

—Tu n'as pas la langue dans ta poche, je l'avais remarqué chez Gaël !

Elle le poussa dans un fauteuil à haut dossier au velours usé.

—De là, tu devrais apercevoir le large. C'était ma place. Pendant quarante ans, j'ai guetté mes hommes qui ne sont jamais revenus. La mer me les a pris, tous, sans exception. À présent, je tourne le dos à cette garce. Mais ce n'est pas ce que tu es venu entendre, pas vrai ? Je t'ai promis l'histoire de l'île des Tempêtes, un nom prometteur, non ? Peu de gens la connaissent, cette histoire, en réalité elle n'intéresse plus personne. Je la tiens de mon père qui la tenait de nos ancêtres. Tu n'as pas froid ?

Léo sourit.

—Il fait chaud.

—Si tu le dis... En vieillissant, la glace vous envahit. Jadis, je me baignais par tous les temps, même en plein hiver. Maintenant, je dois faire chauffer l'eau pour me laver. Mes fils se moqueraient de moi, des gaillards tous les trois. Des fantômes. Disparus l'un après l'autre, comme leurs cousins.

Elle poussa un fauteuil vers la cheminée et s'assit. Le chien s'installa lui aussi en gémissant.

—Il y a dix siècles, les Vikings ont occupé ce rocher, un tremplin vers la Normandie. La vieille tour date de cette époque, enfin c'est ce qu'on prétend. Moi, je crois qu'ils occupaient la grotte bleue pour s'abriter des tempêtes. Tu connais la grotte ?

—J'ai entendu le chant de la pluie.

—La musique des pierres. Magique, non ? Il y a bien d'autres mystères sur cette île...

—Le trésor des pirates.

Louise partit de son rire rocailleux.

—L'or des pirates, pardi ! On l'a cherché pendant des siècles. C'est grâce à lui que Castelrock est né lorsque j'étais enfant. Un Irlandais s'est installé là-bas à demeure pour fouiller la montagne. Il est mort après avoir collectionné des cailloux. Il m'a offert ça, attends...

Elle alla chercher un objet pointu et le lui mit dans la main en commentant :

—C'est une pointe de flèche viking. Il avait aussi un fer de hache, une fibule, une broche, tu sais, et des statues primitives. Ses héritiers ont tout emporté et ne sont jamais revenus. Ils n'avaient que faire d'une maison au milieu des tempêtes. Nous autres, on est restés pour la pêche. Gram était le paradis des poissons. Pour les pêcheurs, c'était une autre affaire, un enfer à cause des courants qui entraînaient les bateaux sur les hauts fonds et des ouragans qui s'amenaient sans crier gare.

—Pourquoi ils sont restés ? demanda Léo.

—Justement, ils ne sont pas restés, grogna la vieille femme. Noyés ou exilés.

Elle s'interrompit, le temps de tisonner le feu. Le chien, dérangé, poussa un grognement semblable au sien.

—Nous ne sommes plus que huit, sans compter ton père qui a acheté cette ruine de Castelrock, il y a quinze ans, Dieu sait pourquoi.

À peine assise, elle se releva pour aller fouiller dans une armoire. Léo l'entendit verser un breuvage dans des gobelets.

—Attention, c'est brûlant !

Il se brûla les doigts effectivement, et souffla un long moment sur la boisson avant de la porter à ses lèvres.

—Du vin chaud, précisa-t-elle. Si tu veux, tu peux rajouter du sucre.

Il remercia : du sucre, il y en avait déjà trop, un vrai sirop.

—Vous disiez noyés ou exilés. Que sont devenus les survivants ? demanda-t-il.

—Ils ont émigré vers la Bretagne, il y a deux cents ans, après les guerres du premier empire. Là-bas, ils ont colonisé une île fille, moins poissonneuse, mais plus douce, une île fleur.

—L'île fleur, c'est joli, estima Léo.

—Sans histoire !

Dans la bouche amère de Louise on se demandait si c'était un éloge ou une critique.

—Et la nouvelle île, celle où les anciens ont émigré, comment elle s'appelle ? demanda-t-il.

—On l'appelait d'abord Flower Island, du temps où les Anglais l'ont occupée, après Waterloo. Une fois reconquise par les Français, elle a repris son nom : Gram.

—Il y a donc deux Gram ! s'exclama Léo.

—Non, qu'une seule, bougonna Louise. L'autre n'est qu'une copie.

—Mais c'est sur l'autre que j'ai passé mes vacances, non ?

—Ça me paraît logique. Entre nous, je ne sais pas pourquoi ton père a choisi de s'installer à Castelrock. Armel, oui, je le conçois, c'est un solitaire, un ours.

Léo sourit et Louise demanda :

—Tu t'entends bien avec lui ?

—Avec Armel ? Pas trop mal.

—Tu as bien du mérite. Il a un sacré caractère, l'Écossais ! Jouer encore à la guerre, à son âge. Comme si la mer ne tuait pas assez de monde !

—Il n'est pas méchant.

—C'est toi qui le dis ! Il amène la violence sur l'île.

Léo ne trouva rien à objecter à cette accusation. Il songeait aux armes, aux détonations. Au bout d'un long moment, il risqua timidement :

—Vous avez connu Hélène, Hélène Langlois, ma mère ?

—Non, je ne crois pas, comment est-elle ?

—Elle est morte.

—Je suis désolée, mon petit.

—Et ma grand-mère, Marthe ?

—Non plus, non.

—Donc elles ne sont jamais venues ici, et moi non plus.

—Si c'était le cas, je m'en souviendrais. L'île n'est pas si grande. Je sais tout ce qui s'y passe, et ça, depuis cinquante ans. La plupart de ses secrets. Ceux qui disparaissent sans laisser de traces. Je me souviens d'une famille britannique, originaire de Nouvelle-Zélande. Des gens riches, généreux, sympathiques. Tout le monde les aimait bien. C'était il y a cinq ans, non, six, je crois. Un jour de brouillard lorsque l'île semble engloutie, ils ont disparu, le père, la mère et leurs trois enfants, même leur nounou, une jeune Galloise. Disparus à tout jamais. Aucun navire n'est venu, et on n'a jamais retrouvé leurs corps, c'est ce qu'on a répété à ceux qui les recherchaient, des enquêteurs. Ces gens-là possédaient des mines, là-bas, en Nouvelle-Zélande, et ils étaient ruinés, couverts de dettes, harcelés par leurs créanciers.

—La mer les a pris ! s'écria Yves.

—La mer ou le brouillard, va savoir ! soupira Louise.

—Ils sont peut-être retournés dans leur pays, suggéra Léo.

—En laissant leurs malles, leurs vêtements, l'argent, même

les jouets des gosses ?

—Pour faire croire à une disparition, échapper à leurs créanciers. Si c'est le cas, moi, je les retrouverai, assura Léo. Depuis des années j'ai enquêté sur des affaires beaucoup plus mystérieuses.

—Tu enquêtes, toi ? ironisa Louise.

Léo sourit.

—Ça vous étonne, je le comprends. Vous vous dites : il ne voit rien et il prétend tout comprendre. C'est pourtant le cas. Loin de me handicaper, l'obscurité m'aide à réfléchir et à faire abstraction de tout ce qui pourrait m'égarer. Et puis, j'ai ma *Black Voice*, un ordinateur génial. Dès qu'il pourra fonctionner, tout s'éclaircira.

—N'empêche que tu as besoin de moi pour ne pas te perdre et finir à la flotte, ricana Yves.

—C'est vrai, reconnut Léo, et je te remercie de me guider. Mais j'apprends vite. Ma mémoire enregistre tous les détails du chemin. Bientôt je serai capable de venir tout seul jusqu'ici et d'écouter les histoires de Louise.

—Mes radotages !

—Vos sortilèges. En quelques instants vous venez de faire naître une île.

—Tu parles de Flower Island, dit la vieille femme en riant.

—L'île de mon enfance !

Il se leva et lui tendit la main. Louise fut frappée par la sûreté de ses gestes. Léo savait exactement où elle se trouvait, et ses yeux clairs la fixaient avec une précision troublante.

—Fais bien attention à lui, ordonna-t-elle à Yves.

« Ce garçon pourrait être mon petit-fils. Il y a en lui une force qui n'a pas fini de nous surprendre ».

Chapitre 29

BLESSURES

L'AIR IMMOBILE ET LE SOLEIL BRÛLANT faisaient penser à ces voiliers en panne de vent au milieu de l'Atlantique, durant la traversée vers le Nouveau Monde, ou bien à certaines matinées d'été dans le jardin de Marthe. Seuls les cris et les parfums étaient différents, et la sensation d'espace infini.

—J'entends la mer, soupira Léo.

—On l'aperçoit de tous côtés, expliqua Julien. Nous sommes au point le plus haut de l'île. Tout est bleu, le ciel, l'eau, à perte de vue, avec des bancs de brume, au loin, sur une mer lisse. On se croirait en Méditerranée.

—C'est l'été !

—L'été... murmura Julien, dubitatif.

—Tu dois te sentir libre, non ?

La question surprit Julien, du moins elle l'émut. Léo devina son sourire. Il ajouta :

—Après tes années de captivité, de violence, de trahisons.

Son père se mit à rire.

—Tu as toujours eu beaucoup d'imagination !

—Je me trompe ?

—Pas tant que ça, reconnut Julien. Mais la violence... J'ai pris l'habitude de vivre dangereusement. Tu penses aux épreuves physiques, on s'y habitue. Seules m'affectaient les souffrances mentales, la mort de ta mère et la crainte de mourir à mon tour sans t'avoir revu. Quand je te regarde, comme en ce moment, j'oublie tout le reste. C'est elle, Hélène, que je vois. Tu lui ressembles d'une manière inouïe. Je retrouve la même expression, la même attente, la même interrogation.

—Alors, tu peux répondre et me dire la vérité.

—Quelle vérité ?

L'accent véhément sonnait faux.

—Sur qui Armel a-t-il tiré ?

—Sur un aigle, puis une cible, il te l'a expliqué !

—Non, c'est toi qui l'as dit. Sur l'île personne ne l'a cru.

—Méfie-toi des gens de Gram, conseilla Julien. En dépit des apparences, ils ne nous aiment pas. Notre manière de vivre les dérange.

Comme Léo retirait son pull, il voulut l'aider. Léo le repoussa.

—Excuse-moi, soupira Julien. J'ai oublié nos règles.

—Que maître Herzog te foudroie ! plaisanta Léo. J'ai fait des progrès en huit ans. J'ai appris à sonder les pensées, à mesurer les émotions, à déceler les mensonges.

—C'est merveilleux !

—Pas toujours. En particulier quand je découvre que tu n'as pas confiance en moi.

—C'est toi qui n'as pas confiance.

—Avec raison. J'ai la conviction que tu mens, du moins que tu me caches la vérité, non pour me ménager, mais pour te protéger.

Julien se leva d'un mouvement brusque et se mit à arpenter le bord de la falaise. Léo l'imagina irrité, brutal, chaussé de rangers et vêtu de la tenue léopard des paras. Mais peut-être était-il différent, habillé comme un marin, des rides au coin des yeux et les tempes grises, le dos voûté, après les épreuves qu'il avait subies. Une fois encore il regretta l'absence d'Angélica, si habile à noter les détails qui lui échappaient.

—Nous avons été séparés si longtemps, soupira-t-il.

On pouvait l'entendre comme l'expression d'un chagrin ou celle d'une incompréhension inévitable. Julien se rapprocha. Sa main lui effleura les cheveux.

—Tu te demandes pourquoi cette île-ci ?

—Pourquoi ne m'avoir rien dit ? Comme si je n'allais pas

découvrir la vérité !

—J'ai beaucoup d'adversaires, dit Julien en se rasseyant.

—Ton affaire n'est pas terminée ? s'étonna Léo. Laurent affirmait qu'on avait prouvé ton innocence.

—L'enquête officielle est close, mais il reste tous les autres, ceux que j'ai combattus et que je peux encore abattre.

—Mansour ? C'est à cause de lui que tu t'es retiré sur cette île perdue ?

—Il n'existe pas de refuge contre eux. L'île n'est pas hors de portée, mais elle offre un avantage : on voit surgir l'ennemi de tous les horizons.

—Pourquoi ne pas m'avoir expliqué ça au lieu de me laisser dans l'obscurité ?

La voix de Julien se mit à trembler.

—Je voulais te retrouver, être en paix durant quelques mois. Cette île perdue me semblait idéale, c'était peut-être une erreur.

—L'erreur est de m'avoir menti, insista Léo avec rancune. Tu te confies à Armel, pas à moi. Pourtant vous avez été ennemis.

—Il t'a dit ça ?

—Ce n'est pas vrai ?

—Si. Il y a bien des années, il avait choisi le mauvais camp. Au lieu de le livrer aux autorités, je l'ai aidé à disparaître. Gram a été son refuge. Les habitants le craignent, mais ils ne l'ont jamais dénoncé. Quant aux pêcheurs du continent, Julius et son clan, ils ne sont pas très bavards. Je leur ai confié le paquet destiné à Angélica. À ce propos, j'ai quelque chose pour toi.

Il mit dans la main de Léo un objet carré, assez léger.

—Tu sais ce que c'est ?

—Un enregistreur ?

—En quelque sorte, un appareil numérique capable de reproduire les images à volonté. Tu pourras photographier l'île et ses habitants.

—Sans les voir ? demanda Léo, agressif.

« Il essaie de se faire pardonner avec un gadget ! »

—Je t'aiderai à sélectionner les images et à les enregistrer sur ton ordinateur. Angélica sera contente, assura Julien.

—Qu'est-ce que tu en sais ?

—Cette fille est amoureuse de toi, non ? Elle est vive, gentille, très jolie, si tu veux mon avis.

—Tu as de la chance !

La réplique renfermait autant de jalousie que de tristesse. Son père avait admiré un visage qu'il ne verrait jamais.

—Voici l'ours, dit-il pour abréger une conversation qui le blessait.

—L'ours ?

Julien émit un rire bref en voyant surgir Armel. Léo l'avait entendu avant lui. Il se leva, soulagé sans doute d'être dispensé de répondre aux questions de son fils. Au même instant, Léo perçut le bruit d'une chute. Julien se mit à courir. Il se dressa à son tour, laissa tomber sa canne, la ramassa.

—Que se passe-t-il ?

—C'est Armel, cria Julien.

—Il est tombé ?

—Il est blessé !

Léo se précipita avec maladresse en direction de la voix.

—À gauche, recommanda Julien. Là, doucement. Je crois que c'est grave.

Armel était couché. Julien agenouillé, penché sur lui. Léo les rejoignit.

—Il est évanoui. Écoute, je dois aller chercher le médecin.

—Orénoque ?

—Tiens ça, bien serré, et attends-moi.

Il avait déboutonné la chemise du géant et noué un linge autour de sa poitrine. Il guida les mains de Léo.

—Ça ira ?

Sans attendre la réponse, il se mit à courir, laissant Léo seul en compagnie du blessé. Armel était immobile, mais son cœur battait, il le sentait. « Ne meurs pas ! supplia-t-il. Ils vont revenir. Comment est-ce arrivé ? Je n'ai rien entendu ! » Il avait pensé à haute voix pour se donner du courage et maintenir le géant en vie. Sous ses mains, le linge était humide. Du sang ? Le temps passait et Julien ne revenait pas. Orénoque était peut-être en mer ou à l'autre bout de l'île. Armel ne respirait plus, ce n'était qu'une impression. « Qui t'a fait ça ? Un ennemi ? D'où venait-il ? » Il n'existe pas de refuge, avait dit Julien. Ceux qui avaient attaqué le gardien étaient encore là, peut-être, mais il n'avait pas peur. Le sang coulait toujours malgré le pansement. Enfin il les entendit. Julien cria :

—On arrive !

Un homme l'accompagnait. Orénoque.

—Laisse-moi voir, petit.

Une voix douce, paisible, alors que le blessé allait mourir. Léo imagina un petit homme impassible, un visage cuivré comme celui d'un Indien.

—Il faut le transporter dans la maison.

Ils avaient apporté une sorte de brancard sur lequel ils étendirent Armel. Orénoque confia un sac de cuir à Léo.

—Porte ma trousse, tu veux bien ?

Ils marchaient vite. Léo les suivit, surveillé par Julien.

—Attention, à droite, là, c'est bien.

Dans la maison, ils hissèrent le géant sur la table. Léo se tenait près de la cheminée éteinte tandis qu'Orénoque examinait le blessé en commentant :

—La lame a frôlé le cœur, il s'en est fallu de quelques millimètres. La blessure est profonde et il a perdu trop de sang. Je ne peux rien faire, il faut le transporter.

—Sur le continent ? s'exclama Julien.

—On n'a pas le choix.

—Il mourra pendant la traversée.

—C'est un risque à courir. Le canot de Yann est au port.

Julien se tourna vers son fils.

—Tu vas t'enfermer dans la maison et n'ouvrir à personne sous aucun prétexte, jusqu'à mon retour. Tu as bien compris ?

—D'accord.

Julien l'étreignit avec une telle force qu'il étouffa une plainte.

Il les entendit installer Armel sur la civière et franchir le seuil. Orénoque devait être robuste pour supporter un poids pareil. Il les suivit, et referma comme son père le lui avait or- donné. Ensuite, il alla vérifier les volets. Tout était clos. Il fouil- la alors le meuble aux armes. Dans l'un des tiroirs, il trouva ce qu'il cherchait : un revolver et des balles. Il l'avait manié en cachette quelques jours auparavant et appris à le charger sans difficulté. Six balles. Il fit jouer le barillet, glissa l'arme dans sa ceinture et monta dans sa chambre. Il ne lui restait plus qu'à attendre le retour de Julien. Il n'était pas nerveux. Son père allait revenir. Armel serait soigné, il guérirait, ensuite ils partiraient loin de ce lieu maudit.

SHADOW

La maison était silencieuse. Dehors, c' était encore le calme plat. On entendait à peine le bruit de la mer, une rumeur lointaine qui le berçait. Ce bruit paisible et trompeur était en contradiction avec le blâme de Louise : « Ils ont apporté la violence sur l'île ! »

Chapitre 30
LA VISITEUSE

IL DEVAIT S'ÊTRE ASSOUPI. Un bruit léger le réveilla, un frottement à l'étage, le plancher, sans doute. Son rêve persistant le transporta une année auparavant lors de l'agression de Marthe. Les cambrioleurs avaient pénétré dans le pavillon de l'avenue Gounod. Ils montaient l'escalier, sans bruit, ou presque.

Il mit un bon moment à réaliser qu'il se trouvait sur Gram. Le souvenir d'Armel blessé et la conscience du péril qui rôdait autour de lui s'imposèrent. Depuis combien de temps sommeillait-il alors que sa vie était menacée ? Il n'osa pas consulter son horloge par crainte d'alerter l'intrus, si quelqu'un avait pénétré dans la maison.

Le bruit avait cessé. À présent tout était silencieux. Il avait peut-être rêvé. Au moment où, rassuré, il allait se lever, il entendit l'escalier. Une marche grinça, on descendait, donc on s'éloignait. Ce n'était pas son père puisqu'il avait fermé les verrous et vérifié les volets. Dans ce cas, on avait pénétré dans la maison ou bien le visiteur se trouvait déjà à l'intérieur quand il avait condamné les issues. L'idée d'être enfermé en compagnie d'un prédateur lui donna des sueurs froides. Instinctivement il chercha le revolver caché sous son oreiller. Le contact de l'acier le rassura.

Le bruit, de nouveau. Cette fois, il provenait de la salle du bas. Les pas étaient feutrés. Seuls les gémissements du plancher trahissaient sa progression. C'était bien un visiteur et forcément hostile. Il ouvrait des meubles, l'armoire aux armes. Léo reconnut le bruit de la serrure, puis celui des battants et le raclement des fusils. Presque aussitôt, l'escalier gémit. Le visiteur remontait. Il s'arrêta un long moment sur le palier, comme s'il avait perçu sa présence, avant de reprendre sa progression. Une porte grinça. Le visiteur pénétrait dans la pièce voisine, celle de Julien. Léo l'entendit ouvrir une armoire, remuer des objets, froisser des papiers. Il fouillait. Que cherchait-il ? Bientôt, fatalement, il viendrait dans sa chambre et le verrait. Il devait faire encore jour, car il n'avait pas entendu le bruit de l'interrupteur.

Le visiteur avait peut-être vu s'éloigner Julien et Orénoque, attendu leur départ avant de perquisitionner. Savait-il

LA VISITEUSE

qu'il était là ? Il s'en moquait : un aveugle !

Se cacher ! Entre le lit et le coffre, Léo avait noté un renfoncement. Avec lenteur, il se laissa couler sur le sol, puis rampa sur le parquet jusqu'au mur. Il allait atteindre l'alcôve quand, sous son genou droit, une latte gémit. Le son léger lui parut un vacarme considérable. À côté, l'exploration s'interrompit. Léo se blottit dans la niche, les deux mains crispées sur son arme. Le silence s'éternisa, au point que ses bras se mirent à trembler.

D'après son calcul, en pénétrant dans sa chambre, l'autre ne le verrait pas. Cependant, dans la nuit qui était la sienne, il ne pouvait pas en être certain. Seul le bruit était son allié, or la maison semblait morte. Le visiteur ne bougeait plus. Léo pensa que son père allait revenir. Il supplia : « Dépêche-toi ! » Dès qu'il l'entendrait, il tirerait pour l'alerter. En attendant, il avait du mal à rester immobile et sa respiration faisait un bruit d'enfer.

Au lieu d'être effrayé, il fut soulagé d'entendre l'intrus se mouvoir. Des pas étouffés passèrent le seuil voisin, suivirent le palier, s'approchèrent. Puis un long silence et un frôlement sur la poignée. L'ennemi savait qu'il se trouvait là, à sa merci. Il ne se pressait pas. Sa lenteur était destinée à le terroriser.

Soudain, tout se précipita. La porte s'ouvrit à la volée. Le battant heurta le mur.

—Jette ton arme, vite !

C'était une voix de femme, railleuse, méchante, et cette voix, il la reconnaissait. En même temps, il perçut un bruit de métal, le lit bougea. Pris d'effroi, il tira un coup, deux coups, six coups, et continua à appuyer sur la gâchette alors que le barillet était vide. Au-dessus de sa tête, il y eut un choc, une pluie de plâtre s'abattit sur lui. Un corps déplaça le lit, s'effondra. Léo lâcha son arme et se coucha sur le plancher, attendant la mort. L'odeur âcre qui flottait dans la chambre déclencha sa toux, mais le bruit n'avait plus d'importance. La femme était là, à quelques centimètres de lui, elle savait que son révolver était vide, qu'il était sans défense. Il crut l'entendre se redresser et se recroquevilla, dans l'attente du coup fatal. C'est alors que des heurts violents ébranlèrent la porte de la maison.

—Léo, ouvre-moi ! Léo !

Julien, enfin ! En reconnaissant sa voix, il n'eut qu'une pensée : le prévenir. Il se leva et se précipita vers la porte, bras en avant. Dans sa hâte, il cogna le lit, puis ses pieds rencontrèrent un corps, il trébucha, se rattrapa au mur. En bas, Julien avait cessé de crier. Léo entendit un fracas de bois et de vitre brisée tandis que ses mains suivaient la balustrade jusqu'à l'escalier, et la rampe, les douze marches. Il arrivait en bas quand un homme le ceintura. Il se débattit.

—C'est moi, Léo.

Étouffant un sanglot, il se laissa aller contre le corps robuste.

—Tu n'as rien ?

Julien tâta son corps, son visage, puis il l'embrassa.

—En haut, balbutia Léo. Dans ma chambre. Ava Gold, je l'ai tuée !

—Ava ? Reste ici !

Julien se rua dans l'escalier. Léo l'entendit faire irruption dans sa chambre et parcourir l'étage. Il marchait à grands pas. Les portes claquaient, les volets s'ouvraient, le plancher vibrait. Au bout d'un temps interminable, il revint.

—Elle est morte ? balbutia Léo.

—Elle a disparu !

—C'est impossible, j'ai tiré, je l'ai entendue tomber...

—Je sais, il y a du sang sur le sol. Elle doit être blessée, mais elle a réussi à s'enfuir. L'un des volets est brisé. Il y a des traces. C'est par là qu'elle a dû s'introduire dans la maison, puis s'échapper. Elle n'ira pas loin.

—C'était Ava Gold, j'ai reconnu sa voix.

—Ava, oui. Son nom de guerre était Kara.

—Mais pourquoi ? Pourquoi ? J'ai eu peur, j'ai tiré pour me défendre, c'est sa faute, j'ai failli la tuer...

Julien serra son fils dans ses bras.

—Dommage que tu ne l'aies pas fait. Cette femme est une tueuse impitoyable. Tu as eu beaucoup de chance.

—Elle faisait partie de la police !

—De la police, non, des services secrets. Sa disparition aurait soulagé bien des gens. Ava Gold est complice de Mansour, je ne sais pas jusqu'à quel point, mais quand je l'aurai retrouvée, il faudra qu'elle avoue.

—Comment est-elle venue jusqu'ici ? s'inquiéta Léo.

—Je l'ignore, mais je n'en suis pas étonné. Kara est diabolique. Ce n'est pas une femme, c'est la mort qui t'a rendu visite, et tu l'as chassée, vaincue. Armel lui-même n'y est pas arrivé. Il avait repéré sa présence depuis quelques jours, pourtant il s'est laissé surprendre. Elle l'a poignardé. J'espère qu'il survivra à sa blessure.

—Que vas-tu faire ?

—Fouiller l'île jusqu'à ce que je la retrouve. Toi, tu ne peux pas rester ici, la maison est trop isolée.

—Elle cherchait quelque chose. Je l'ai entendue fouiller toutes les pièces.

—Il n'y a rien... murmura Julien. À moins que... Oui, elle ne cherchait pas. Elle a dû apporter quelque chose, le déposer.

—Quelque chose ?

—Une preuve pour me compromettre, sans doute, justifier notre exécution, car il ne fait aucun doute qu'elle est venue pour en finir. Elle a raté son coup, grâce à toi.

—Pourquoi ne pas quitter cette île ?

—Nous allons partir, je te le promets, mais il faut d'abord que je mette la main sur Kara. Elle ne nous laissera jamais en paix.

—Comme tu voudras, soupira Léo.

Il chercha un fauteuil et s'y assit ou plutôt s'y laissa tomber, épuisé par l'émotion plus que s'il avait fait deux fois le tour de l'île.

Son père lui ébouriffa les cheveux avec une tendresse joyeuse, inappropriée aux circonstances.

—Tu ne peux pas rester ici, c'est trop dangereux.

Léo haussa les épaules.

—Ici ou ailleurs...

—Là où je te conduis, tu seras en sécurité.

—En attendant, bonjour les cauchemars !

Impossible de te raconter tous les événements de ces jours derniers, Angélica. Mais je te promets un rapport complet, bientôt. Bientôt, c'est ce que me répète mon père lorsque je le supplie de quitter cette île maudite, maintenant que tout est fini. En attendant, je loge sur le port, dans une minuscule maison blanche sortie d'un jeu de Légo, sous la protection des îliens qui m'ont adopté : Orénoque, Yann, Gaël, Yves, Gwen, et la vieille Louise. Les Anglais, qui peuplent Gram en été, ne sont pas encore arrivés. Ceux qui ont débarqué ne leur ressemblent pas : trois hommes des forces spéciales en uniforme noir et vedette assortie. Les Cormorans, comme les surnomme Yann, ont sillonné l'île à la recherche d'Ava Gold, l'espionne qui avait piraté mon ordinateur pour prendre mon père au piège et a tenté de nous assassiner. Tu te souviens d'elle ? Elle a surgi avec un commando et blessé Armel qui a survécu par miracle. Il doit revenir demain, si tout va bien. Ava Gold a eu moins de chance : on a découvert son corps au pied des falaises. Du coup, les commandos sont repartis et la paix est revenue. Je reste seul en compagnie de six muets, et je m'ennuie en attendant que mon père me rappelle à Castelrock. L'île sombre dans une étrange torpeur où le brouillard remplace les tempêtes. Ce brouillard, je ne le vois pas, bien sûr, mais je le sens me coller à la peau. Il m'imbibe et me ramollit comme les biscuits insipides de Gaël qui fondent dans ma main le temps de parcourir le quai. Demain, Armel sera là. La lame de la tueuse a manqué son cœur de quelques millimètres, car figure-toi que cet ours a un cœur en plus d'avoir un corps d'acier. Rien ne peut abattre ce monument qui a survécu à six guerres et une bonne centaine de tempêtes.

Ma batterie s'épuise. Pour la recharger, je suis obligé de compter sur Julien qui l'emmène à Castelrock, car le port de Gram n'a pas l'électricité et ne l'aura jamais. Ici, on s'éclaire à l'huile ou à la bougie. Les caves servent de réfrigérateurs et on se lave à l'eau *froide, centimètre après centimètre, comme au Grand Siècle, par prudence plus que par pudeur.*

J'espère que ton examen s'est bien passé. Le mien débute à peine. Cette île cache un secret et je compte bien le trouver avant mon départ. Je sens les choses et devine les êtres, rappelle-toi. Sinon, comment aurais-je su que tu étais si belle ?

Chapitre 31

CŒUR DE TEMPÊTE

—TU NE DEVRAIS PAS SORTIR, pas aujourd'hui, recommanda Julien.

Léo poursuivit ce qu'il était en train de faire : il chaussa ses bottes, attacha son ciré, enfila ses gants.

—J'ai promis à Louise de lui rendre visite. Tu prétendais qu'on ne risquait plus rien.

—Je ne parlais pas de ce danger-là. On annonce une tempête.

—Gram sans tempête, ce serait inquiétant ! Je connais le chemin par cœur, j'ai repéré tous les refuges : la grotte bleue, la vieille tour, la ferme d'Orénoque...

—Sois prudent !

Le garçon sourit. Il était grand, mince, blond comme sa mère, assez vigoureux, beau incontestablement. Julien songea qu'il ne l'avait pas vu grandir et que, malgré leur amour réciproque, il lui restait étranger. L'agression et la mort d'Ava Gold l'avaient à peine affecté. Un autre que Léo aurait été effondré, assailli de cauchemars. Lui semblait avoir oublié le drame. Il parcourait l'île avec insouciance, comme s'il ne s'était rien passé. Pas tout à fait : depuis l'agression, Julien se sentait jugé. Son fils retenait les questions auxquelles il ne voulait pas répondre tout en les gardant en mémoire. Léo avait toujours été surdoué, à huit ans déjà, mais à présent ses pouvoirs mentaux étaient stupéfiants.

Prudent ! C'est Julien qui disait ça alors qu'il attirait le danger comme un aimant ! Bien sûr, il veillait sur son fils. Il le suivait en douce sur le chemin des falaises, prêt à l'aider, à lui éviter une chute accidentelle. Léo percevait sa présence, son mélange de force, d'audace et d'autorité. Orénoque se moquait d'eux : « Pourquoi ne pas marcher ensemble au lieu de vous pister comme des chasseurs à cinquante mètres l'un de l'autre ? » Léo n'était plus un enfant qu'on entraîne à se débrouiller seul. Mais il y avait entre eux une étrange timidité nourrie de reproches réciproques. Un mois entier sur l'île les avait à peine réconciliés. Aussi Julien restait-il à distance.

Soudain, Léo ôta son bonnet, déboutonna son ciré, se débarrassa de son pull de marin raidi par le sel et vint s'asseoir au coin du feu. Julien l'observa avec curiosité : son fils n'avait pas l'habitude de renoncer à ce qu'il avait décidé, même pour lui être agréable. Il sourit, mais n'émit aucun commentaire et s'installa de l'autre côté de la cheminée.

Aussitôt Léo perçut le fracas du tonnerre, étonnamment proche. Le bruit lui rappela les détonations. Douze jours maintenant. Il avait tué cette femme pour se défendre. Un monstre ! Il ne pensait plus à elle, et soudain elle revenait avec l'orage. Il crut sentir l'odeur mauvaise de la poudre.

—Elle vient du nord-ouest, constata Julien.

Les tempêtes les plus redoutables provenaient de là. Un deuxième coup de tonnerre fit sursauter Léo. La maison entière trembla. Il attendit la pluie et le vent qui accompagnaient toujours les tempêtes, mais le ciel resta de marbre. Entre les explosions, l'air était immobile, le feu ronronnait sans les sifflements habituels causés par le soufflet géant de la grande cheminée.

—Qu'est-ce que te raconte Louise de si passionnant pour t'attirer ainsi à l'autre bout de l'île ? plaisanta Julien.

—Des histoires de revenants.

—Ce n'est pas ce qui manque par ici !

—Tu ne crois pas aux esprits ?

—Pas vraiment. Et toi ?

—Moi non plus. Les mystères ont toujours une explication rationnelle. Les Forsythe, tu connais ?

—Les Forsythe ? Non, je devrais ? Ils font partie des revenants ?

—En quelque sorte. Toute la famille a disparu dans le brouillard, il y a quelques années de ça.

—Perdue en mer ?

—Non, sur terre, tout près d'ici...

La déflagration du tonnerre interrompit le récit de Léo. Toujours pas de pluie.

—C'étaient de riches étrangers, originaires de Nouvelle-Zélande, réfugiés sur ce rocher perdu, dissous en un instant dans le brouillard comme des bonshommes de neige au soleil. Deux enquêteurs ont recherché leurs traces durant des années, sans résultat.

—La mer conserve bien des secrets.

—Elle n'est pas la seule. Mais dans le cas des Forsythe, la mer n'y est pour rien.

—Quelle est l'explication, d'après toi ?

—Je ne sais pas encore, mais je trouverai. Je trouve toujours.

—Tu as l'air bien sûr de tes pouvoirs !

Léo ne releva pas l'ironie.

—Je suis certain d'une chose : le brouillard ne dissout pas les corps comme la soude. Je n'y crois pas, pas plus qu'à la présence d'un aigle à cent kilomètres des côtes...

Julien quitta son fauteuil pour tisonner le feu avant de regagner sa place. Au moment où il se rasseyait, le ciel craqua avec une telle violence que l'île parut se fendre.

—Les Forsythe avaient été riches, poursuivit Léo. Ils ne l'étaient plus, malgré les apparences. En réalité, ils étaient couverts de dettes et traqués par leurs créanciers. Gram leur offrait un refuge provisoire. Les uns avaient intérêt à disparaître, les autres à les retrouver. Les premiers ont réussi jusqu'à aujourd'hui.

— Comment as-tu obtenu ces informations ? s'étonna Julien.

—Louise, Orénoque, Yann... des ragots. Le reste est une simple déduction.

—Simple spéculation. En réalité, tu n'as aucune preuve.

—J'en aurai, dès que j'aurai accès à mon ordinateur.

—Notre détective est de retour ! railla Julien.

Les yeux clairs de Léo se posèrent sur son visage comme s'ils pouvaient le voir, et même au-delà.

—Ava Gold n'était pas seule, n'est-ce pas ? Sur qui Armel a-t-il tiré ? Comment est-elle arrivée sur l'île sans être repérée ? Tu as précisé toi-même qu'on apercevait la mer sur 360 degrés.

—Elle a accosté la nuit, certainement.

—Admettons. Elle s'est cachée, puis a surpris Armel. Elle venait pour nous supprimer, n'est-ce pas ?

—Elle l'a prouvé, il me semble.

—Ce n'est pas aussi évident. Après avoir neutralisé Armel, elle aurait dû s'attaquer à toi. Or, elle ne l'a pas fait.

—Que veux-tu dire ?

—Après ton départ, elle s'est introduite dans la maison et a entrepris de la fouiller. Elle cherchait quelque chose.

—Quoi donc ? Qu'est-ce qu'elle cherchait ?

—Tu savais qu'elle allait venir, n'est-ce pas ?

—Si je l'avais su, crois-tu que je t'aurais laissé ici, à sa merci ?

Le reste de son discours se perdit dans le crépitement du tonnerre, suivi d'un véritable déluge. La fraîcheur envahit enfin la pièce, accompagnée d'un nuage de fumée âcre.

—Vous étiez ensemble là-bas, Ava et toi, n'est-ce pas ? dit Léo.

—Où ça ?

—En Somalie, au service de Mansour.

—Très peu de temps, avoua Julien du bout des lèvres.

Dehors, la pluie redoubla et le vent se déchaîna comme les sentiments violents qui agitaient la pensée de Léo.

—J'étais si heureux de te retrouver, murmura-t-il.

—Ce n'est plus le cas ?

—Si, mais tu as changé, père. J'ai de la peine à te reconnaître. On dirait que les épreuves t'ont transformé. Tu es dur, lointain, secret.

—Toi qui devines tout, tu ne sens pas à quel point je t'aime ?

À présent, ils étaient obligés de forcer leurs voix dans la fureur de la tempête, et cette contrainte donnait un accent mélodramatique à leur discours.

—Tu te sens responsable de ce qui s'est passé là-bas, en Afrique, non ?

—Si je l'étais, je ne serais pas revenu.

—On dirait que tu fuis quelque chose.

—Qu'est-ce qui te fait croire ça ?

—Cette île, par exemple. Un refuge, une façon d'échapper aux autres, comme les Forsythe. Le père que j'ai connu ne se serait pas caché, il aurait affronté le danger.

—Peut-être m'as-tu idéalisé, dit Julien d'un ton amer. C'est ce que font la plupart des fils vis-à-vis de leurs pères.

—Peut-être.

Au même instant, un coup de vent puissant ouvrit la porte qui se mit à battre. Julien s'empressa d'aller la fermer et la consolida avec les verrous. Quand il revint, sa voix était chargée d'émotion.

—Depuis la mort de ta mère, tu es le seul bien qui me reste au monde.

—Je sais, murmura Léo d'une voix si étouffée qu'on l'entendit à peine.

Il ajouta, d'une manière imprévue :

—Ava n'était pas la dernière. Nous avons encore des enne-mis.

—C'est vrai, reconnut Julien.

Les paquets de pluie fouettaient les fenêtres et le vent fai-sait gémir la charpente, donnant l'impression d'être sur un voilier en pleine mer. Puis, soudain, tout s'arrêta, le vent, la pluie, la foudre. Un silence oppressant succéda aux éléments furieux, mais on sentait la tempête aux aguets. « Elle tourne autour de l'île comme un manège endiablé », disait Orénoque.

Profitant de l'accalmie, Léo se rapprocha de Julien comme pour lui parler en confidence.

—Tu connais mes amis : Idriss, Gus, Gerd, Rahim, Jasmine...

—Bien sûr, ils m'ont aidé, je ne l'ai pas oublié !

—Ce ne sont pas des anges. Certains ont été emprisonnés, d'autres auraient mérité de l'être. Cependant ils ne m'ont ja-mais menti. Si, Idriss, une fois, pour obliger la police à sauver des enfants innocents. Ils m'ont protégé en ton absence.

—Tu essaies de me dire que j'ai eu tort de te cacher la véri-té ? Te mentir à propos de Gram, c'était stupide, je le recon-nais. Je pensais que ce n'était pas important. Tu étais si petit.

—Si heureux. Je sens encore le parfum des fleurs, j'entends le bruit de la mer, différent du fracas des tempêtes. Gram existe ailleurs, sa douceur est liée à celle de ma mère. En me conduisant ici sans m'avertir, pour la première fois tu m'as traité comme un infirme !

Il s'exprimait sans colère, mais sa tristesse était plus accusatrice que sa révolte.

—J'avais confiance en toi... aveuglément !

—Tu te sens trahi, comment te le reprocher ? soupira Julien. J'aurais voulu mener une vie tranquille, diriger ma galerie de tableaux, j'étais doué pour ça, j'ai essayé sans y parvenir. Un agent des services secrets ne démissionne pas comme un simple fonctionnaire. Il connaît trop de secrets et risque de compromettre des personnages tout puissants.

—Mansour ?

—Ma réhabilitation dérange ses plans et mon existence l'empêche de dormir.

—Et toi, ton sommeil est paisible ?

—Je n'ai jamais beaucoup dormi.

Léo hocha la tête.

—J'entends grincer le plancher, la nuit.

Le vent enveloppa la maison, un souffle brusque accompagné d'un grondement menaçant.

—La tempête revient, annonça Julien. Parfois elle dure toute une semaine. Dès qu'elle s'éloignera, nous irons sur Gram, la vraie. Là-bas je saurai me faire pardonner.

—Nous pourrions aussi retourner à Paris.

—Si c'est ce que tu souhaites...

La voix était celle d'un homme coupable, très différent du père qu'il aimait.

Que cherchait Ava Gold dans notre maison ? Je dis « notre » alors qu'elle m'est étrangère et toujours aussi hostile, cette forteresse. Julien ne m'a pas exposé volontairement entre ses murs, bien entendu, cependant Castelrock n'était pas un refuge, mais un piège, et le fugitif était en réalité un prédateur !

Père, que s'est-il passé au Darfour ? Cette question, je me la pose à moi-même sans cesse, car, si je te l'adressais, tu n'y répondrais pas. Non à cause du danger, comme tu le prétends. Le danger nous environne et nous ne le redoutons ni l'un ni l'autre. Il y a pire que les Kara et les Mansour, n'est-ce pas ? Il y a l'homme que tu as été, que tu es encore, je le crains. Un guerrier dont je n'ai aucune raison d'être fier à moins d'être aveugle. Que s'est-il passé ? Tu ne m'aideras pas, au contraire, tu me prouveras que tu m'aimes et que cela doit me suffire. J'ai quinze ans, un âge qui te dispense des aveux. La politique m'est étrangère, la raison d'État me dépasse. La vérité qui te ronge et qui me hante, il faudra que je la découvre moi-même. Après tout, j'en ai l'habitude. Fâcheuse habitude ! Pendant sept ans tu as vécu dans le secret comme je vis dans la nuit. Ce sont des maladies dont on ne guérit pas malgré nos élans, notre complicité, le besoin que nous avons l'un de l'autre. Hier, tu as failli te confier. Au dernier moment, la vérité s'est figée au bord de tes lèvres. Je n'ai obtenu qu'un silence, toujours le même. Pour ne pas ternir mon admiration, tu prends le risque de la détruire. Durant toutes ces années, tu étais un héros de roman. Mais je n'étais pas le seul à t'idéaliser. Maman t'aimait ainsi. Mon admiration a grandi à l'ombre de la sienne. Je me demande si tu mentais à elle aussi ou si elle se contentait de tes silences. Aujourd'hui, moi, j'exige davantage, non en raison de mon infirmité, mais parce que tu me l'as promis. J'avais huit ans... souviens-toi. Le monde était beau, il l'était assurément. Nous nous promenions dans le parc, au bord de l'étang ou sur l'avenue Gounod, sous un ciel bleu piqueté de blanc, un troupeau de moutons minuscules, disais-tu. Il y avait des arbustes en fleur, tu les faisais pousser devant nous, et le vert presque invisible des arbres qui annonce le printemps. Tu remontais le col de ma parka parce que l'air était vif. Tu revenais de guerre. Tu étais immense, je me sentais protégé. Mais ces trois enfants, père. Le plus jeune avait deux ans. Pourquoi refuser de parler d'eux ? Tu les as peut-être rencontrés chez leur père, Ali Hassan, tu as joué avec eux, tu leur as décrit le ciel, plus éblouissant, là-bas. Tu as pleuré leur mort. Parle-moi comme tu le faisais au temps de notre bonheur sans histoire. Ne mets pas entre nous cette mer et ces tempêtes pour m'empêcher de réfléchir. Ce fugitif, cet égaré, ce n'est pas toi. Non, ce n'est pas toi. Je te connais, père, j'entends tes pas, la nuit. Ils racontent ce qui te tourmente, et je maudis ma faculté de comprendre ce que je devrais ignorer. L'amour ne peut pas m'aveugler, mon corps l'a déjà fait.

Chapitre 32

RETOUR

—SHADOW !

Impression magique de sentir la *Black Voice* se réveiller comme un animal endormi. En deux jours à peine Léo avait renoué avec ses correspondants sur plusieurs continents, résolu deux énigmes, faciles il est vrai, et trouvé la piste des Forsythe dans une mine de diamants d'Afrique du Sud.

—Tu es certain que ce sont eux ? s'était exclamé Julien, pourtant habitué aux intuitions géniales de son fils.

—J'aurai des preuves, mais je ne m'en servirai pas.

Julien n'avait pas relevé l'allusion à peine voilée au drame du Darfour. Il ignorait que Léo avait piraté la veille le système informatique de Mansour et que son exploration avait révélé de nouveaux éléments, compromettants pour le dictateur somalien et ses complices.

—Shadow !

L'appareil se rendormit. Léo s'étira. Il avait perdu l'habitude de travailler jusqu'à l'aube. Par la fenêtre ouverte entraient le murmure de la mer et le chant des oiseaux. En cette matinée de juin, Gram, l'île fleur, offrait un charme très différent des fureurs glacées de l'île mère. À peine débarqué, Léo avait retrouvé les sons et les parfums de son enfance, la douceur bienveillante de la demeure, une maison de vacances pleine de chambres, d'éclats de rire, de musiques et de pâtisseries.

Au rez-de-chaussée, il trouva Julien déjà levé et rayonnant.

—Tu es content ?

—Je ne sais pas.

—Drôle de réponse !

—Tout est si étonnant. Cette maison, je la croyais à l'abandon depuis le temps. Combien, déjà ?

—Dix ans. J'ai demandé qu'on la prépare pour ta venue. On a réparé la toiture, repeint certaines pièces.

—Tu savais donc qu'on reviendrait ?

—Je l'espérais.

Léo fit la moue. Une fois de plus, Julien le prenait au dépourvu. Il caressa les murs, s'attardant sur les tableaux.

—Ce sont les tiens ?

Julien se mit à rire.

—Je veux dire : ceux que tu vendais. Tu m'as compris !

—Oui, mais ceux-là, je les ai conservés. Ils plaisaient à ta mère. Ce sont tous des portraits : Kisling, Brayer, Drouet, Vigée Lebrun...

—Ils ont de la valeur ?

—Certains.

—Cette maison inoccupée, on ne l'a jamais pillée ? C'est bizarre, non ?

—Il y a eu un gardien.

Léo songea aussitôt à Armel. L'Écossais avait regagné Castelrock juste avant leur départ, guéri visiblement. Il ironisa :

—Les cambrioleurs devaient savoir que la maison t'appartenait. Le commandant Langlois, danger : on ne touche pas.

—Ici, personne ne me connaît.

—Sauf tes ennemis !

—Eux ne s'intéressent pas à la peinture.

Leurs rires se mêlèrent, puis Léo demanda :

—Comment un para doublé d'un agent secret devient-il expert en tableaux ?

—Par passion. Je te l'ai dit : si j'avais pu, je me serais consacré à ma galerie. L'un des premiers je me suis intéressé à l'art africain très en vogue aujourd'hui.

La voix de Julien était soudain différente, vibrante, enjouée, rajeunie. Léo entendait l'homme d'autrefois, celui qui décrivait pour l'amuser l'apparence cocasse de leurs voisins de l'avenue Gounod. Cet homme le conduisit dans le salon voisin et plaça ses mains sur une statuette métallique.

—C'est une femme, murmura Léo.

—Un bronze Yoruba du XIIe siècle.

—Voilà ce que tu faisais, en Afrique ! plaisanta Léo. Moi qui croyais que tu combattais les terroristes !

Un rire joyeux salua sa remarque.

—Ingrat ! Comment crois-tu que je finançais tes études ? Avec ma solde ?

Léo caressa la tête de la statuette :

—Merci, madame.

—Je te trouve de meilleure humeur que sur l'île des Tempêtes, constata Julien. Au fait, je t'ai promis une surprise…

Il s'éloigna sans plus d'explication. Comme son absence s'éternisait, Léo monta dans sa chambre. Il hésitait entre s'étendre sur son lit ou vérifier une nouvelle fois ses messages quand il sentit une présence et reconnut un parfum.

—Angélica ?

C'était son rire, un bref flot de fraîcheur, juste au moment où il pensait à elle. Il balbutia :

—Qu'est-ce… comment…

—Ton père ne t'a rien dit ? fit la voix rieuse. Non, bien sûr, c'est une surprise ! Mais on dirait que tu n'es pas content ?

Il secoua la tête. Julien ! C'était bien sa façon de le surprendre et de se faire pardonner. L'émotion l'affolait, lui cou-
pait le souffle. Il réussit à articuler :

—Je suis heureux.

—Et moi, je suis en vacances, mon cher. Marthe m'a accompagnée, plutôt j'ai accompagné Marthe. Deux mois sans
nouvelles, j'étais inquiète. Je croyais que tu m'avais oubliée.
Elle est super, la maison. C'est un mimosa, ce truc jaune ? On
voit la mer...

—Il paraît.

Elle nota son agacement et se reprit.

—Tu as maigri et bronzé, ça te va bien. Je vais rester avec toi
jusqu'à la fin juillet.

Comme il demeurait muet, elle ajouta :

—Si tu veux bien. Tu as repris tes enquêtes ? Deux mois
sans nouvelles, rien, vous aviez disparu...

—Là où on était, il n'y avait pas de réseau...

Tourné vers elle, il essayait de l'imaginer. Elle allait de la
fenêtre au lit et du lit à la petite bibliothèque, tripotait les
bouquins, jouait avec sa montre, maniait l'ours en terre cuite,
sa tirelire d'enfant, où tintaient quelques pièces de monnaie.
Elle ne tenait pas en place. Pour ça, elle était bien toujours la
même.

—Tu n'as pas eu mon enregistrement ? s'étonna-t-il.

—Non !

—Et mes derniers messages ? Celui d'hier ?

Elle caressa l'ordinateur.

—Je n'étais pas chez moi. Tu as repris tes enquêtes ?

—Une seule.

—Qui est coupable ?

—Mon père.

Elle pouffa avant de constater qu'il ne plaisantait pas.

—Tu veux dire qu'on l'accuse encore ? Je croyais...

—Moi aussi ! Tu n'as pas reçu mes messages... Tu sais, j'ai tué une femme !

—Vraiment ?

Cette stupide manie des filles de glousser à tout propos !

—À coups de revolver.

—Toi ?

Elle avait de la peine à le croire. Pourquoi au juste ? Parce qu'il était trop gentil ou trop aveugle ?

—Ces deux mois ont été dangereux, murmura-t-il. Cette femme, elle s'appelait Ava Gold.

—La policière ? s'exclama Angélica toujours incrédule.

—La tueuse. C'est elle qui a exécuté Pierre Meyer en faisant passer sa mort pour un accident. Tu te souviens de Lucie ?

—Lucie, bien sûr.

Elle resta un long moment muette, elle le croyait enfin. Il murmura :

—Il faut que tu m'aides, Angélica.

—À assassiner les gens ?

—Oublie !

Elle se moquait de lui, c'était sa faute aussi. Cet aveu brutal : « J'ai tué une femme ! » Cependant, sa réaction le décevait et l'humiliait. Il allait la planter là quand elle se précipita et lui fit la bise.

—Tu m'as manqué !

En retrouvant la caresse de ses cheveux et son parfum de fruit, il s'émut malgré lui.

—Toi aussi.

—C'est vrai, cette histoire ? chuchota-t-elle.

—Qu'est-ce que tu crois ? Je vais te raconter, mais toi d'abord !

—Moi ?

—Comment tu es habillée ?

Elle soupira :

—Il y avait longtemps !

Au même instant une galopade ébranla l'escalier et trois brutes firent irruption dans la chambre.

—Salut, mec !

—Déjà en train de draguer ?

—Il a grandi. Ça lui fait quel âge ? Douze ans ?

—Idriss ? Et toi, Rahim ?

—Ah non, moi, c'est Gerd.

—Et moi Gus !

Des mains l'empoignèrent et le soulevèrent jusqu'au plafond. Angélica riait.

—Comment vous êtes venus ?

—En bateau, pas à la nage.

—Le commandant nous a convoqués.

—Recrutés, il nous a recrutés, rectifia Idriss.

—Vous êtes tous là, s'extasia Léo, violemment ému.

—Pas tous, non. On est trois. Tanya nous rejoindra peut-être.

—Et Rob ?

—Lui ne viendra pas, il passe ses vacances à Fleury Mérogis, dit Idriss.

—La prison ?

—Un hôtel comme un autre ! Mais toi, raconte. Tu bosses toujours pour les keufs ?

Ils riaient, bousculaient les meubles. La chambre était trop petite pour leurs masses réunies. Comment Julien avait-il repéré, réuni, puis rallié ces trois ninjas en si peu de temps ?

Angélica lui prit la main pour le rappeler à ses devoirs.

—N'oublie pas Marthe.

Sa grand-mère l'attendait en bas. Elle devait s'étonner de leur vacarme, ou bien s'en réjouir s'ils avaient voyagé ensemble. Il éclata de rire pour libérer son émotion trop vive.

—Vous allez rester tout l'été.

—Oui, chef, répondit Idriss.

Chapitre 33
CHIENS DE GARDE

DEUX JOURS SUFFIRENT À MARTHE pour prendre posses-
sion de la maison, attribuer les chambres, distribuer les cor-
vées, engager une femme d'entretien et un jardinier. Comme
la veille une odeur délicieuse s'échappait de la cuisine, deve-
nue son domaine.

—J'ai les crocs ! gémit Idriss.

—Finis d'abord de couper le bois et mets-le dans l'appen-
tis, commanda Marthe.

—C'est le bagne ! grommela l'Africain.

—Tu te crois à l'hôtel ?

 Léo rit trop fort pour passer inaperçu. L'ordre claqua :

—Toi, va ranger ta chambre !

—Je vais t'aider, proposa Angélica.

—Non, toi, petite, tu vas peler mes légumes.

—Grand-mère, cool, on est en vacances, protesta Léo.

—Pas moi !

—Où est mon père ?

—À l'embarcadère. Nous aurons une invitée.

L'accent de Marthe démontrait qu'elle n'était pas ravie de cette huitième bouche à nourrir, d'autant que les membres de la bande d'Aulnay appartenaient tous à la famille des ogres.

—Quelle invitée ?

—Lucie Meyer.

Le visage de Léo s'éclaira. Il avait conservé un souvenir agréable de la femme rencontrée quelques mois auparavant au bord de la Marne.

—Ta grand-mère ne l'aime pas beaucoup, chuchota Angélica.

—Marthe grogne, mais elle ne mord pas, répondit Léo sur le même ton.

Une demi-heure plus tard, Lucie entra dans la chambre de Léo et lui fit la bise.

—Comme je suis heureuse ! Ton père m'a raconté ton exploit.

—Mon exploit ? s'étonna Léo.

—Cette femme, c'était le diable !

Ava Gold, bien sûr ! Il se souvint que la tueuse était responsable du meurtre de Pierre Meyer. Aux yeux de Lucie, il devait faire figure de justicier et de héros. Il rougit malgré lui, et, pour dissiper son trouble, il demanda d'un ton détaché :

—Vous connaissez la maison ?

—Un peu, mais il y a si longtemps. Tu avais cinq, six ans ?

L'irruption d'Angélica mit fin à son embarras.

—Vous vous souvenez d'Angélica ?

—Comment oublier ce ravissant minois ?

D'un geste spontané, elle les prit tous les deux dans ses bras. Son parfum agréable rappela à Léo un buisson de fleurs blanches. Il faillit le lui dire, puis jugea l'image insipide et s'entendit lui demander, pour faire diversion :

—Vous avez connu ma mère ?

—Hélène, bien sûr, murmura-t-elle avec émotion. Nous avons été en classe ensemble.

—Je l'ignorais ! s'exclama Léo. Alors, vous étiez amies comme Julien et Pierre !

—Eux étaient frères d'armes. Ils ont accompli plusieurs missions en Iran et au Kazakhstan avant de découvrir que leurs épouses s'étaient connues à l'Institution Sainte-Anne. C'est dire combien ces opérations étaient secrètes !

Léo aurait bien aimé poursuivre cette conversation, mais comme par un fait exprès Marthe appela tout le monde à table, et Lucie prit aussitôt congé.

—J'ai loué une petite maison de pêcheur, près de l'anse de

Talberg. Je vais rester une semaine. Nous aurons l'occasion de nous revoir.

Lucie partie, Angélica prit la main de Léo pour le conduire à sa place, puis elle s'installa à sa droite.

—Dommage que Lucie n'ait pas pu rester ! soupira-t-il.

Il s'adressa à sa grand-mère :

—Tu savais qu'elle et maman étaient à l'école ensemble ?

—Ce n'est pas tout ce qu'elles ont partagé ! murmura la vieille dame.

—Marthe, je vous dispense de vos commentaires ! gronda Julien.

Le ton sévère jeta un froid parmi la tablée. Pour le rompre, Léo prit son verre et le leva.

—Merci d'avoir réuni tous mes amis, père !

—Au commandant ! cria Idriss.

—Au commandant ! répétèrent Gus et Gerd.

Leurs verres se choquèrent.

—Vous êtes chez vous, lança Julien.

Malgré la gentillesse des paroles, Léo trouva la voix de son père anormalement altérée. Était-ce la réflexion de Marthe, la venue de Lucie ou les derniers messages de Mansour prouvant que le dictateur n'avait pas renoncé à sa vengeance, malgré la mort d'Ava Gold ? Léo se pencha à l'oreille d'Angélica et chuchota :

—Il faudra me décrire tout ce que tu verras. Moi, je te dirai ce que cela signifie.

—Je suis venue pour ça.

—Seulement pour ça ?

—Quoi d'autre ? pouffa la jeune fille.

Elle pensait détendre Léo, mais, malgré tous ses efforts, elle ne parvint pas à lui arracher un sourire. Le reste du repas se déroula dans un silence pesant. Tout en affectant de faire honneur à la cuisine de sa grand-mère, Léo surveillait les uns et les autres. Idriss, Gus et Gerd discutaient à voix basse, oubliant que leur ami connaissait par cœur les dialectes du freeland parisien et que son ouïe était beaucoup plus développée que celle du commun des mortels. En quelques minutes, Léo recueillit et interpréta assez d'informations pour confirmer ses soupçons.

Il décida d'interroger Julien, mais quand il se mit à sa recherche, le repas fini, son père avait disparu. Angélica était partie de son côté, sans prévenir.

—Je ne suis pas chargée de les surveiller, seulement de les nourrir ! râla Marthe en malmenant sa vaisselle.

Les trois samouraïs, eux, ne risquaient pas de quitter les lieux. À moitié nus, ils s'offraient au soleil sur la pelouse du jardin.

—C'est l'heure de la sieste ? railla Léo.

—Et comment ! répondit Idriss en bâillant.

—Si vous me disiez pourquoi vous êtes ici ? lança le garçon avec une douceur démentie par ses poings serrés.

—Parce que tu nous as invités, répondit Idriss.

—Moi ?

—Ton père, c'est kif.

—Pas tout à fait, non.

—Tu n'es pas heureux de nous revoir ?

Léo sentit les autres se rapprocher, étonnés sans doute par son air réprobateur.

—Si, bien sûr, je suis heureux, à condition de savoir la vraie raison de votre présence. Vous n'avez pas une passion démesurée pour la mer ni pour le tourisme.

—Eh ! C'est le paradis, ici ! gloussa Gerd.

—Le paradis, oui, admit Léo. La question que je me pose et que je vous pose, c'est pourquoi se pointer au paradis armés jusqu'aux dents ?

—Armés ? répéta Idriss d'un ton innocent.

—J'ai noté deux fusils et, au moins, deux revolvers, un colt d'après le son du barillet.

Gus applaudit.

—Là, mec, je suis scié !

—Je l'étais avant toi, riposta Léo. Alors ?

—Le commandant nous a demandé de veiller sur toi,

confessa Idriss.

—Pourquoi cet arsenal ?

—Il paraît que les méchants qui vous menacent sont dangereux.

—Il aurait pu faire appel à la police, non ? demanda Léo qui connaissait déjà la réponse.

—Le commandant n'y tient pas.

—Il a confiance en nous, ajouta Gus.

Gerd ne put s'empêcher de ricaner.

—Nous sommes tes anges gardiens !

—Anges... grogna Léo. Mes chiens de garde !

Gerd acquiesça en aboyant.

—Combien mon père vous paie pour ça ? exigea Léo.

Un silence embarrassé suivit la question.

—On t'aurait protégé pour rien, assura Gus.

—Je sais, dit Léo, vous l'avez déjà fait. À deux reprises au moins vous m'avez sauvé la vie, je ne risque pas de l'oublier. Alors, combien ?

—Dix mille, avoua Idriss.

—Dix mille euros ?

—Chacun.

Léo siffla entre ses dents.

—Mon père est généreux. Mais avec vous, il fait une bonne affaire. Il n'aurait pu trouver de gardes du corps plus loyaux et courageux.

—Arrête ton char, grogna Idriss.

—C'est à cause du parc Saint-Jean, ajouta Gus.

Léo acquiesça.

—C'était génial. Maintenant, écoutez bien : mon père vous a parlé de Mansour ?

—Le croquemitaine de Somalie, tu parles, ricana Idriss.

—Ses chasseurs sont sur nos traces. Des pros. Ils ont failli nous surprendre sur l'île des Tempêtes. Ils seront bientôt là. J'ignore la forme que prendra leur attaque, mais je peux vous dire qu'elle viendra de la mer. Là-bas, c'était une femme, Ava Gold.

—La hyène du commissariat ? s'exclama Gerd. Celle qu'on a piratée ?

—Une tueuse, coupa Léo. Je l'ai flinguée !

—Toi ?

La main de le jeune garçon effleura la chemise d'Idriss déformée par la crosse d'un revolver.

—Avec ça !

—Surveillez la côte, ajouta-t-il. Ils débarqueront la nuit.

—C'est ce que nous a dit le commandant.

Léo hocha la tête avec amertume.

—Vous avez de la chance ! Mon père vous fait ses confidences. Moi, il me tient à l'écart de ses manœuvres. Il me traite comme un handicapé ! Un conseil : ne faites pas comme lui, sinon, moi, je me passerai de vos services.

—Hola, mec, t'emballe pas, grommela Idriss. On a toujours été réglos avec toi !

—Pas toujours, non. Depuis votre arrivée vous n'avez fait que me mentir.

—C'étaient les ordres.

—À partir de maintenant, je veux savoir tout ce qui se passe.

—O.K., soupira Idriss.

—Et il me faut une arme.

—Ça, je ne peux rien te promettre.

—Un flingue ! Et puis autre chose : ceux qui vont venir seront à bord d'un bateau blanc : l'Albatros.

—Comment tu le sais ? demanda Gus, sidéré.

—Surveillez la mer. Vous avez des jumelles ?

—Moins puissantes que les tiennes ! rigola Gerd.

Chapitre 34
UN MILLION DE DOLLARS

QUAND ANGÉLICA REVINT, trois heures plus tard, Léo affecta l'indifférence. Branché sur sa *Black Voice*, il libéra une oreille pour demander :

—Tu t'es baignée ?

—L'eau est trop froide !

—Bonne promenade, alors ?

—Pas question non plus de balade. Je travaillais pour toi.

—Pour moi ? Quelle idée !

—Je rêve ! s'indigna-t-elle. Ce n'est pas toi peut-être qui voulais tout savoir ? Puisque c'est ça...

Elle se jeta sur le lit, murée dans le silence. Au bout de quelques minutes, n'y tenant plus, Léo soupira :

—Mauvais caractère !

—C'est moi qui râle, peut-être ?

Il se débarrassa de son casque, éteignit son ordinateur et sourit.

—Je m'excuse, O.K. ? Tu es partie sans un mot, je t'ai cherchée...

—J'ai suivi ton père.

—Tu l'as suivi ?

—J'avais remarqué quelque chose entre Lucie et lui. J'avais l'impression...

—Dis-moi !

—Qu'ils étaient sortis ensemble !

—Tu veux dire...

—Qu'ils s'aimaient, oui. J'avais surpris leurs regards. Marthe aussi, je crois qu'elle soupçonne quelque chose.

—Mon père et Lucie, tu délires ! Elle a quel âge ?

—Lucie ? Trente ans, à mon avis. Et je me fais peut-être des idées au sujet de ton père, je suis désolée.

—Elle est jolie ?

—Lucie ? Très !

—Aussi belle que toi ?

Elle pouffa, puis reprit son sérieux.

—En tout cas, il l'a rejointe, comme je le pensais, et j'ai surpris leur conversation. Ils ont parlé de toi, de ton courage. Dire que j'ai douté de toi !

—Tu veux parler d'Ava Gold ? J'ai eu de la chance ! Mais

parle-moi de Julien et de Lucie.

—Ils sont allés dans sa maison, au bord de la plage. Je les ai suivis jusque là-bas et j'ai écouté leur conversation. J'ai fait ça pour toi, Léo. Je peux te dire que c'est elle qui a insisté pour venir ici. Lui, ne voulait pas. Il l'a suppliée de partir.

—Suppliée ? Mon père ?

Il sourit, incrédule.

—Enfin il insistait. Il répétait que c'était beaucoup trop dangereux. Mais elle n'a rien voulu entendre. Elle disait qu'elle ne partirait pas sans savoir.

—Savoir quoi ?

—Ça, je l'ignore. Enfin je pense qu'elle faisait allusion à la mort de son mari. Et puis autre chose...

Elle s'était levée et arpentait la chambre avec nervosité. Il supplia :

—Tu ne veux pas rester tranquille ?

—Ils ont parlé d'une fortune : un million de dollars ou d'euros, non, de dollars. Des diamants. Les autres poursuivent ton père pour les récupérer.

—Un million de dollars ! C'est dingue !

—C'est ce qu'ils ont dit, un million, je t'assure.

—Je te crois, murmura Léo. Ça expliquerait... Ava cherchait quelque chose, à Castelrock. C'étaient peut-être ces diamants.

Angélica se calmait, elle se tenait tout près de lui, à présent, attentive. Il frappa dans ses mains.

—Bien sûr, Ava n'a pas exécuté Julien comme elle en avait reçu l'ordre. Elle voulait d'abord découvrir le trésor. Elle l'aurait tué ensuite.

—Et toi, tu l'en as empêchée. Si ce n'est pas du courage…

—Je t'ai dit que j'avais piraté le système informatique de Mansour. C'est comme ça que j'ai su qu'il avait lancé un contrat sur Julien et chargé Ava de son exécution. Je me demande où sont ces fichus diamants !

—Demande-le à ton père.

Léo secoua la tête.

—Je vais plutôt interroger Lucie. Elle doit le savoir.

Angélica passa ses bras nus autour de son cou. Troublé par ce contact, il lui prit les mains.

—On dirait que tu doutes de lui, murmura-t-elle.

—Tu trouves ça injuste ?

—Un peu. Il est super, ton père !

—Mais j'ai confiance en Lucie. Je ne peux pas t'expliquer pourquoi. Tu me connais, je sens la nature des êtres. Je me trompe rarement à leur sujet.

—Et puis Lucie a connu ta maman. Tu veux entendre parler d'elle, n'est-ce pas ?

—C'est vrai, mais ce n'est pas la seule raison. Elle répondra à mes questions, à condition que tu veuilles bien m'accompagner.

—C'est loin, l'anse de Talberg, je te préviens. Idriss et Gerd vont râler.

—Pas question de les emmener. Juste toi et moi.

—Tu n'as pas peur ?

—Et toi ?

Elle resserra son étreinte autour de son cou.

—Tant qu'on est ensemble, et puis un million de dollars, ça vaut bien le déplacement !

Chapitre 35

D'ENTRE LES MORTS

LE PLUS DIFFICILE FUT DE QUITTER LA MAISON sans éveiller l'attention des samouraïs. Par chance, à six heures du matin, Idriss et Gus dormaient et Gerd montait une garde nonchalante. Angélica alla bavarder avec lui tandis que Léo se glissait dans le jardin par la porte de la cuisine. Elle avait réussi à aiguiller l'as de la magie numérique sur la nouvelle génération des jeux vidéo chinois quand Léo buta sur la brouette laissée par le jardinier en travers du chemin.

Le bruit de sa chute alerta le guetteur. Léo se vit découvert, obligé de renoncer à son expédition à moins d'être escorté par la bande d'Aulnay qui ne passait pas inaperçue. Au moment où il se relevait en se frottant les genoux, Marthe surgit de la maison.

—C'est toi ? lui cria Angélica. Tu m'as fait peur !

—Qu'est-ce que tu fais debout ? bougonna la vieille dame.

—La chaleur… incapable de me rendormir. Je vais me promener sur la plage.

—À cette heure-ci ?

—C'est le moment le plus agréable.

—Tu veux que je t'accompagne ? proposa Gerd.

Elle lui sourit avec reconnaissance.

—Tu dois surveiller la maison, et moi, j'aime bien être seule.

Marthe leva les yeux au ciel.

—Seule, ça m'étonnerait. Où est Léo ?

—Il dort.

—Viens déjeuner.

—Après !

« Après cette folie », ajouta-t-elle mentalement en gagnant le bosquet où se dissimulait Léo. La perspective du petit déjeuner avait détourné l'attention de Gerd. Ils en profitèrent pour franchir le portail et s'engager sur le chemin de la plage. Angélica lui tenait la main.

—Tu aurais dû faire un peu plus de boucan !

—Tu crois que c'est facile ?

—C'est dangereux, je te l'ai dit.

—Tu as la trouille ?

Elle gonfla les joues.

—Tu m'as déjà posé la question et je t'ai répondu : je crains pour toi ! On aurait pu attendre, non ? Lucie ne va pas s'envoler. Elle a précisé qu'elle resterait une semaine et promis de nous rendre visite.

—Mon père sera là et je ne pourrai pas lui parler, objecta-t-il. Je dois la rencontrer sans témoin. Elle sait des choses. Tu ne me crois pas ?

—Quelle importance ? soupira-t-elle. Je fais toujours ce que tu veux, tu as remarqué ?

—Non.

Elle le pinça et il cria « aïe » en riant.

—Attention, il y a une clôture juste devant toi, et à gauche, un escalier cimenté. Douze marches.

—J'entends la mer.

—C'est normal parce qu'elle est là, railla-t-elle. On arrive à la plage. À partir de là, on suit la côte, c'est un peu plus long, mais plus facile.

Sur le sable, ils se déchaussèrent.

—J'aime bien le matin, le matin avec toi, ajouta-t-il gentiment en lui pressant la main.

—Moi aussi. Il n'y a personne. On pourrait se baigner.

—D'abord, je dois parler à Lucie.

Elle haussa les épaules, résignée.

—Comme tu voudras.

Tout en marchant, elle l'observait. Il ignorait à quel point il était beau avec son corps bronzé et ses cheveux blonds sur son visage. Elle était si heureuse de leur intimité qu'elle en oubliait le danger.

—Au bout de la plage, on doit franchir des rochers. Il faudra remettre tes sandales, les pierres sont coupantes.

La mer était lisse et limpide, le ciel d'un bleu très pâle. Elle rêvait de s'étendre avec lui sur le sable. Mais l'air sérieux qu'il prenait toujours pour découvrir les mystères qui l'environnaient la dissuada d'insister. Elle n'était qu'un instrument, des yeux, une voix.

Ils franchirent les rochers. Au-delà s'étendait une autre plage tout aussi déserte.

—C'est encore loin ? demanda-t-il.

—Quelques kilomètres, au bout de l'île, je te l'ai dit.

Ils longeaient une forêt de tamaris, derrière laquelle on apercevait de petites maisons blanches aux volets fermés.

—Il n'y a personne.

—Tant mieux.

—Pour le moment ! Les autres vont se réveiller, s'apercevoir de notre disparition, ton père partira à notre recherche.

Instinctivement, il pressa le pas, buta sur une pierre qu'elle avait omis de lui signaler, s'accrocha à elle. Leurs mains étaient brûlantes.

—Tu crois que Lucie répondra à tes questions ?

—J'en suis sûr.

—Elle te renverra peut-être chez ton père.

Il renifla avec mépris.

—N'importe quoi !

—Mais si elle ignore ce que tu veux savoir ?

—Elle le sait !

Son air buté amusa Angélica. On aurait dit qu'il pliait la réalité à ses caprices. « Serait-il aussi génial s'il n'était pas aveugle ? » Elle se posait souvent la question en évitant d'y répondre.

Vingt minutes plus tard, elle pointa le doigt comme s'il avait pu la voir.

—Voici la maison. Elle est bâtie sur le sable et soutenue par des piliers de bois à la manière des paillotes tahitiennes. C'est un peu insolite en Bretagne, mais très joli. Les volets sont ouverts, elle doit être là.

Le sable étouffait le bruit de leurs pas. Au loin, Angélica vit courir un chien. Un homme parut et disparut avec l'animal derrière une dune. À gauche, la marée basse découvrait la plage immense. La main de Léo se crispa sur la sienne.

—Elle n'est pas seule !

D'abord, la jeune fille n'entendit rien. Puis, en se rapprochant, elle perçut des voix féminines. Lucie avait une visiteuse. Ils s'adossèrent aux pilotis pour écouter avant d'entrer. Au-dessus d'eux, à trois mètres du sol, il y avait une fenêtre ouverte. À l'intérieur, le ton montait. Les deux femmes se querellaient. Le ton de l'une était menaçant, celui de l'autre méprisant. Il était question d'un voyage, de noms exotiques et inconnus. Léo levait la tête pour mieux entendre. Il était très pâle.

Soudain, la dispute dégénéra. Ils perçurent un bruit de lutte. Un objet tomba sur le parquet, table ou chaise, suivi d'un cri étouffé, et juste après, un coup de feu les fit sursauter. Tout se précipita comme dans une scène en accéléré. Un corps tomba. La porte de la maison s'ouvrit. Une forme sombre dévala l'escalier de bois et partit en courant dans la direction opposée à celle qu'il venait de suivre. Angélica aperçut une silhouette longue et maigre, vêtue d'un jogging noir, le capuchon rabattu sur le visage.

—Vite ! ordonna Léo.

Il poussa Angélica vers l'escalier et monta derrière elle en tâtonnant. Tremblante de peur, la jeune fille entra dans la pièce unique. Un corps était étendu derrière un meuble renversé.

—Lucie ! balbutia-t-elle.

Du sang souillait le visage et le pull blanc de la femme. Elle se pencha sur elle et sanglota :

—Elle est morte, Léo.

—L'autre... murmura-t-il.

—Elle s'est enfuie.

—Je sais, mais...

Il porta la main à son front et chancela comme s'il avait reçu un coup. Angélica le retint et le serra contre elle de toutes ses forces.

—Cette femme, c'était Ava Gold !

—Ava, c'est impossible ! dit-elle avec effroi.

—C'était elle ! Sa voix ! Elle est revenue !

« Revenue d'entre les morts », songea-t-il en frissonnant.

Chapitre 36
PÈRE ET FILS

—C'EST IMPOSSIBLE, RÉPÉTA LAURENT HALPHEN.

—Quatrième fois que vous répétez ça, lieutenant, ironisa Léo. On dirait que vous tentez de vous convaincre !

Le policier prit une longue inspiration pour s'inciter au calme.

—C'est toi que je cherche à persuader. Les recherches ADN sont formelles : Ava Gold est morte sur l'île des Tempêtes il y a presque un mois. Dans ces conditions, elle n'a pas pu agresser Mme Meyer avant-hier, à moins de croire aux revenants.

—C'est pourtant ce qui s'est passé, s'entêta Léo. Mais cette résurrection n'est pas la plus stupéfiante.

—Non ? On peut savoir ce qui t'étonne ?

—Votre présence sur Gram, répondit Léo. Un brillant lieutenant de la SRPJ parisienne envoyé sur une île perdue, à quatre cents kilomètres, pour un banal homicide, alors qu'on a ici de braves gendarmes pour mener l'enquête. C'est gaspiller le talent, non ?

—Si tu veux le savoir, j'enquêtais sur Lucie Meyer. C'est la raison de ma présence. Satisfait ?

—Vous l'accusez de quoi, Lucie ?

Julien, qui assistait à l'interrogatoire, perdit soudain patience.

—Léo, je t'en prie !

—J'essaie de comprendre, faites-en autant, répliqua le garçon. Je suis le témoin principal du crime, non ? J'ai identifié la coupable et on ne veut pas m'entendre !

—Justement, on t'a assez entendu. Tout le monde peut se tromper, même toi !

—Et si on parlait des diamants ? répliqua Léo avec un accent de défi.

—Les diamants ? releva le lieutenant.

—Un million de dollars, le sujet de la dispute entre Lucie et Ava.

—Je pensais cette affaire résolue, s'étonna Laurent.

—Elle l'est, assura Julien.

—Si le dossier est clos, on se demande pourquoi il tue encore, railla Léo.

—Laisse-nous, tu veux ? ordonna Julien.

—Bien, commandant !

Léo se mit au garde-à-vous et salua avant de s'adresser à ses amis.

—Laissons ces messieurs enterrer les survivants et les preuves.

Il sortit dans le jardin, suivi par la bande.

—Tu y vas fort, mec, rigola Gerd. On aurait dit un putain d'avocat ! Le lieutenant en bégayait et le commandant était furax !

—Pour Ava, tu es vraiment sûr ? risqua timidement Angélica.

—Et ces dollars, un million ! Tu bluffais, avoue, intervint Idriss. Non ? Alors fifty-fifty.

—Je n'ai aucune envie de plaisanter, O.K. ? s'emporta Léo. Si vous doutez de moi, allez rejoindre les autres. Une tueuse de la pire espèce est larguée dans la nature. Tout le monde la croit morte, ou fait semblant de croire qu'elle n'existe plus, ce qui la rend d'autant plus dangereuse.

—Pourquoi semblant ? demanda Gus.

—Si la police, les services secrets, leurs labos et leurs génies de l'ADN ont examiné le corps en question, cela signifie que les résultats ont été faussés.

—Pourquoi ils auraient truqué ? objecta Angélica, incrédule.

—C'est ce que je veux découvrir. Un million de dollars, ça vaut la peine de tricher, vous ne croyez pas ?

—Je veux, oui, grogna Gus.

—J'ai besoin de votre aide, pas seulement par amitié, mais par conviction, car il ne s'agit pas d'un jeu. Qui est avec moi ?

—Moi, en tout cas, répondit Idriss. Je te crois d'autant plus que j'ai trouvé ton Albatros.

—Le bateau des pirates ! s'exclama Léo. Pourquoi tu ne le disais pas ?

—C'est tout chaud, mec. On a surveillé la côte, comme promis. Ce sont les pêcheurs d'Hélias qui m'ont renseigné. L'Albatros se trouve près de l'archipel des Grieux, à la limite des eaux territoriales. D'après les pêcheurs, l'équipage est noir, aussi noir que moi, ajouta-t-il avec un gros rire.

Léo frappa dans ses mains.

—Les hommes de Mansour, je le savais !

—Que veux-tu faire ? demanda Gus. Prendre le bateau à l'abordage ?

Léo sourit.

—D'abord, trouvez une carte marine de la zone pour repérer leur mouillage. L'Albatros ne bougera pas, ils enverront des canots. Je suis sûr qu'Ava fait partie du commando, mais ce qui l'intéresse, ce sont les diamants. Lucie n'en savait pas assez, sinon Ava ne l'aurait pas exécutée, elle l'aurait obligée à parler.

—Pourquoi cette exécution ? demanda Angélica.

—Lucie savait qu'elle était vivante, et elle avait intérêt à passer pour morte. Il fallait éliminer un témoin gênant. Nous aurions subi le même sort si elle nous avait aperçus.

Au même instant, Julien et Laurent sortirent de la maison. Après avoir raccompagné le lieutenant jusqu'à son véhicule, Julien rejoignit la bande des cinq. Soucieux, il recommanda :

—Pas d'imprudence !

Les samouraïs, mal à l'aise, s'agitèrent, tandis que Léo répliquait :

—L'imprudence serait de ne rien faire. Le commando envoyé par Mansour est ancré près des Grieux. Ava Gold, toujours vivante, malgré la blessure que je lui ai infligée, est en liaison avec les Somaliens. C'est bien elle qui a blessé Armel et assassiné une femme que tu aimais pour te punir de conserver la fortune en diamants qu'elle convoite. Après avoir récupéré ce butin, elle achèvera la mission dont l'a chargée Mansour. Alors, je ne donne pas cher de ta peau ni de la nôtre...

—Laissez-moi seul avec mon fils !

L'ordre de Julien interrompit le discours passionné de Léo. Celui-ci entendit ses amis s'éloigner. Puis son père le prit par le bras et pria avec douceur :

—Assieds-toi.

Il resta debout et fit quelques pas avant de revenir pour confier à voix basse :

—Tout ce que tu viens de dire est exact : Mansour, l'Albatros, Ava, Lucie, les diamants...

—Alors pourquoi m'avoir forcé à le découvrir au risque de douter de toi ?

—J'ai commis une erreur, reconnut Julien. Mon métier m'oblige parfois à accomplir des actions inavouables. Par pudeur on appelle ça la raison d'État.

—Tu es responsable de la mort d'Ali Hassan ? s'exclama Léo.

—Non, bien sûr, nous en avons parlé et je croyais t'avoir donné la preuve de mon innocence. Cependant, j'ai pactisé avec son assassin, Mansour. En croyant sauver des vies, je n'ai fait qu'en sacrifier d'autres. Mansour m'a payé une fortune pour accomplir une opération à laquelle j'ai renoncé parce qu'elle était honteuse. Aujourd'hui, il veut récupérer son salaire, les diamants, et se venger. Comme il n'a pas réussi à convaincre mes chefs de me condamner, il m'envoie ses bourreaux.

—Ava !

—Ava, oui, la plus redoutable. Mais tout cela va finir. Je vais passer à l'action. Pourquoi avoir tardé, me diras-tu ? J'aurais dû le faire plus tôt sans la volonté de mes supérieurs de négocier avec Mansour. Comme si on pouvait se fier à la parole d'un monstre ! Notre séjour sur l'île des Tempêtes devait être consacré à la diplomatie. Tu as constaté la manière dont Mansour raisonne. Sans toi... Le temps des négociations est révolu. Il s'agit maintenant de guerre. Lucie n'a pas voulu l'entendre. Je lui avais déconseillé de nous rejoindre, d'autant plus qu'elle conservait les diamants. Elle a voulu s'en servir pour désarmer nos ennemis. Désarmer une Ava ! Autant caresser un cobra pour l'entendre ronronner ! Elle a compris trop tard que la restitution des diamants entraînerait aussitôt notre mort.

—Je sais, murmura Léo.

—Dans ce cas, si tu veux que son sacrifice ne soit pas inutile, il faut me laisser agir librement sans te mêler des opérations. Promets-moi de rester ici. Tes amis veilleront sur toi. J'ai confiance en leur loyauté.

—Je ne peux rien faire pour t'aider ?

—Si, une chose : surveille ta *Black Voice*. D'elle viendra le secret de cette histoire.

—Mais tu seras seul face à tout ce commando ?

—Seul, non, ne t'inquiète pas. Un mandat d'arrêt international a été lancé contre Ava Gold et ses terroristes. Les hommes des Forces Spéciales m'attendent. Nous attaquerons l'Albatros dans six heures exactement. J'ai répondu à toutes tes questions ?

—Il en reste une, murmura Léo.

Julien sourit.

—Je t'écoute.

—Lucie et toi...

La voix du commanda s'attrista.

—J'avais de la tendresse pour elle. C'était une femme extraordinaire, l'être au monde en qui j'avais le plus confiance, en dehors de toi. Je lui avais confié les diamants de Kandahar... Je l'ai mise en danger sans le savoir. Elle a cru, elle aussi, qu'Ava était morte et qu'elle ne risquait plus rien...

—Pourquoi avoir soutenu tout à l'heure que je m'étais trompé en affirmant qu'Ava était bien vivante ?

—Pour la prendre au piège, il fallait lui laisser croire que son stratagème avait réussi.

—C'est avec un tel raisonnement que Lucie est morte.

—Tu m'en veux ?

—Un peu.

—Moi, je m'en veux terriblement. J'aurais dû garder Lucie ici, elle ne risquait rien. Or Marthe ne l'aimait pas. Elle nous soupçonnait d'être amoureux l'un de l'autre. C'était faux, mais tu connais ta grand-mère, son entêtement. Lucie est restée fidèle à Pierre, et moi, à ta mère. Pour rien au monde nous n'aurions détruit notre belle amitié. Mais nous reparlerons d'amour quand tout sera terminé.

—Quand tout sera terminé... balbutia Léo, terrifié malgré lui.

Chapitre 37
ASSAUT

LES DEUX ZODIAC COUPÈRENT LEUR MOTEUR à cinq cents mètres du yacht. À leur bord il y avait deux équipes de quatre hommes en treillis noir, invisibles dans la nuit sans lune. Un feu unique révélait leur objectif : la poupe claire de l'Albatros.

Les canots pneumatiques progressaient en silence, mus par des pagaies. Pas un clapotis, juste le souffle des hommes. Deux squales dangereux. Les cordes reliées aux grappins étaient prêtes quand, à quelques mètres du navire, Julien remarqua, à tribord, la présence de l'échelle de coupée. Ce détail l'alerta : on aurait dit que le bateau pirate invitait les assaillants à monter à bord.

Il leva la main pour interrompre l'assaut. Dans l'après-midi, des éclaireurs dissimulés sur un chalutier avaient observé le yacht. Ils avaient repéré six hommes et deux femmes, dont l'une correspondait à la description d'Ava Gold. Les tueurs étaient réunis. Depuis, rien n'avait bougé. Alors d'où venait l'appréhension de Julien ?

L'échelle, l'immobilité, le silence. L'apparence d'un navire abandonné. « Trop facile ! » pensa-t-il, les mains crispées sur son fusil d'assaut. Cependant, il n'était plus temps de renoncer. En le faisant, il laisserait au commando une chance de s'échapper. Ava était là, aux aguets peut-être, à quelques mètres. La haine le poussa en avant. Il fit signe à ses hommes. Les canots reprirent leur progression.

Le premier frôlait l'échelle lorsque la nuit s'embrasa brusquement. Une explosion formidable souleva l'Albatros et le disloqua, projetant les occupants des Zodiacs à la mer. Le yacht n'était plus qu'un brasier d'où s'échappaient des débris incandescents. Puis la coque éventrée sombra d'un seul coup, laissant à la surface des flammes éparses qui s'éteignirent l'une après l'autre, vestiges d'un combat qui n'avait pas eu lieu.

Chapitre 38
ADIEU

—JE SUIS DÉSOLÉ, REPRIT LAURENT HALPHEN.

Ils étaient tous anéantis par la nouvelle du drame. Angélica était en pleurs. Idriss jurait à voix basse. Marthe priait. Seul Léo affichait une sérénité surprenante.

—Vous dites que l'Albatros était piégé ?

—Bourré d'explosifs, confirma le lieutenant.

—Et les terroristes se trouvaient encore à bord ?

—D'après nos observateurs, oui.

—Ils se seraient sacrifiés sans combattre ?

—C'est la technique de ces gens-là. La vie humaine ne compte pas quand il s'agit de détruire l'ennemi. Ils savaient sans doute qu'ils n'avaient aucune chance de s'enfuir. Les bâtiments de la marine les encerclaient.

—Pourquoi ne pas les torpiller à distance ?

—Les ordres consistaient à les arrêter pour les interroger.

—Et vous avez retrouvé le corps d'Ava Gold ?

—Affirmatif.

—Qu'est-ce qui prouve que c'est bien elle ? Elle est experte dans l'art de disparaître.

—Cette fois, il n'y a aucun doute.

—Et mon père ?

—On n'a pas retrouvé son corps, pas encore. Les recherches se poursuivent. Il n'y a qu'un survivant, le capitaine Legal. Il est blessé. Il a promis de te rendre visite dès qu'il pourra.

Léo secoua la tête.

—C'est inutile. Mon père me fera lui-même le récit des événements.

Le policier adressa aux autres un regard navré. Léo était incapable de se rendre à l'évidence. Peut-être avait-il besoin de ce fol espoir.

—Je te le souhaite, murmura-t-il. Mais l'explosion était si puissante qu'on a entendu le bruit à dix kilomètres.

—Legal a bien survécu.

—Un vrai miracle !

—En tout cas, vous avez eu raison de rester à l'écart.

Le visage du lieutenant se crispa.

—J'ai obéi aux ordres. Pour mener l'assaut, il fallait des

hommes bien entraînés, comme ton père. Mais j'aurais voulu être à ses côtés, crois-moi.

—C'est étrange... murmura Léo.

—Quoi donc ?

—Je n'arrive pas à croire que mon père soit tombé dans un piège aussi grossier et qu'Ava Gold se soit sacrifiée. Ce n'est pas dans leur nature.

Halphen haussa les épaules.

—Tout le monde commet des erreurs.

—Tout le monde, oui.

Angélica s'étonna de le voir sourire. Le comportement de Léo n'était vraiment pas normal. Quand il se leva, après avoir remercié et salué le lieutenant, refoulant ses larmes, elle le suivit jusque dans sa chambre.

—Shadow !

La *Black Voice* s'anima. Depuis deux jours, Léo était rivé à son ordinateur comme s'il attendait quelque chose, il s'accrochait à un espoir. Maternelle, elle vint poser son visage sur son épaule et murmura :

—Qu'est-ce que tu fais ?

—Chut !

Une voix, étrangement métallique, se manifesta :

Curieux animal, le lynx. Il renonce à la chasse. Les cerfs peuvent dormir tranquilles. Les ours aussi, à condition d'être bien nourris. Leurs rêves sont agréables. Les plus beaux sont à venir.

La *Black Voice* se tut, et Léo éclata de rire. Angélica regarda son ami avec curiosité.

—C'est tout ?

—C'est tout ! Prends ma cagnotte.

—Où ça ?

—Dans la bibliothèque.

—Le machin en terre cuite ?

—L'ours, oui.

Angélica saisit l'objet et le soupesa.

—Il est affreux, cet animal, et lourd. Tu l'as rempli ?

—Ouvre-le. Comme ça, oui. Retourne-le sur le lit.

—C'est quoi, ces cailloux ?

—Des diamants, Ange. Un million de dollars ! Julien nous dira bientôt ce que nous devrons en faire !

L'AUTEUR

Provençal, CLAUDE MERLE a d'abord enseigné l'histoire, puis est devenu directeur artistique de plusieurs groupes de communication avant d'exercer le métier d'écrivain.

À son actif des pièces de théâtre, des albums et des romans indifféremment pour la jeunesse et les adultes, autour d'un genre favori : le roman historique. Citons dans ce registre deux séries : *Héros de légende* (Bayard) et *Les détectives de l'Histoire* (Bulles de savon).

Au sujet de *L'espion de Richelieu* :

« *Reconstitution fidèle et convaincante du XVII*ᵉ... *tous pour un, un livre pour tous !* »

Marie Rogatien, *Le Figaro Magazine*

LES BULLES FONT LEUR RENTRÉE LITTÉRAIRE

À lire aussi :

La marque, Anne Loyer, 2016

Maman aime danser, Didier Pobel, 2016

Retrouvez toutes les infos sur
www.editions-bullesdesavon.com

©ÉDITIONS BULLES DE SAVON 2016
dépôt légal : août 2016

Impression & brochage SEPEC - France
N° d'impression : 15323160506